書下ろし

龍眼 流浪《るろう》

隠れ御庭番②

佐々木裕一

祥伝社文庫

目次

第一話　山賊

——わしとしたことが、山で迷うたか

伝兵衛《でんべえ》は、岩の間から流れ落ちる山水を飲み、額の汗を拭《ぬぐ》いながら辺《あた》りを見回した。

山の木々はどこまでも深く、木の幹《みき》の間は、腰の高さほどの笹《ささ》で覆《おお》われ、獣道《けものみち》さえ見つけることが出来ない。

半日前、箱根《はこね》の関所を越えようとして失敗し、追っ手から逃れて山奥まで入り込んでいたのだが、ふと気付けば、自分がどの辺りにいるのかまったく分からなくなったのだ。

富士《ふじ》の山を目安にしようと木に登ってみたが、曇《くも》り空で影すら見えない。肩を落とした伝兵衛は、山頂を目指して歩を進めた。

笹の中に分け入った刹那《せつな》、目の前に黒い物が立ち上がった。

——熊だ

伝兵衛が驚きの声をあげるのと、熊が襲ってくるのが同時だった。

黒い巨体を揺すって突進して来た熊は、伝兵衛の顔をめがけて鋭い爪《つめ》を振るった。咄嗟《とっさ》に間合いを詰めて爪をかわしたが、太い腕の怪力に軽々と身体を飛ばされ、大木の幹で頭を打ち、伝兵衛は、気を失った。

一

香ばしい、なんともいえぬ匂いに誘われるように、伝兵衛は目を開けた。

炭のように黒い竹が並ぶのは、茅葺《かやぶき》屋根の内側。家の中にいるのだと気付き、伝兵衛は起きようとして、胸の痛みに顔をしかめた。

女のなまめかしい声がした。

起きるのをやめた伝兵衛が、声がする方に顔を向けると、板戸の奥に、絡み合う足が見える。

伝兵衛は、自分がなぜここにいるのか分からなかった。顔を反対に向けると、囲炉《いろ》裏《り》で細々と薪《まき》が燃えている。小さな火の側《そば》には、串に刺された肉が炙《あぶ》られているのだが、睦《むつ》ごとに夢中の家主に忘れられて、黒く焦《こ》げていた。

空腹のあまり、伝兵衛は手を伸ばして、焦げていない方の串を取り、勝手に食べた。肉は驚くほど柔らかく、臭みもない美味だ。

寝たまま食べていたので、呑み込む時にむせてしまい、奥の部屋で慌てる気配があった。

伝兵衛が気にすることなく肉にかじりついていると、

「爺《じい》さん、いつから目が覚《さ》めていたんだ」

若い男が着物を肩にかけながら出て来て言い、伝兵衛の横にしゃがんだ。

問いに答えず、

「旨《うま》いな、なんじゃ、この肉は」

串の肉を見せると、男は白い歯を見せた。

「爺さんを襲った熊の肉だ。どうだ、仇《かたき》の味は」

伝兵衛は、肉を食べるのを止めて、男を見た。

「熊に襲われた？　わしがか」

「憶《おぼ》えていないのか」

言われても、まったく思い出せなかった。起き上がろうとしたら、男に止められた。

「胸の傷が開くから、大人しく寝ていな」

熊の爪にやられたらしく、巻かれた布に血がにじんでいる。

「お前が、助けてくれたのか」

「そういうことだ」

男は、傍《かたわ》らに置いていた鉄砲を立てて見せ、自慢げに指で鼻をこすった。

「お鶴《つる》、酒を持って来てくれ」

男が言うと、身形《みなり》を整えた女が奥から出て来て、恥ずかしそうに俯《うつむ》いて横を通り、土間に下りて台所に立った。その後ろ姿を見て、村で一番の器量よしだと、男が自慢した。

夫婦になってまだ二月だという男は、太吉《たきち》と名乗った。

伝兵衛は、自分の名を言おうとしたのだが、出てこなかった。どうしたことかと首を捻《ひね》っていると、太吉が心配そうな顔をした。

「まさか、思い出せないのか」

「いや……」

言ったものの、伝兵衛は苦笑いをする。名前どころか、何処《どこ》から来たのか、自分が何者なのか、まったく思い出せないのだ。

「こいつに襲われた時に、木で頭を打ったせいだ。派手《はで》に飛ばされたからな」

太吉が、串を取って熊の肉を見ながら言い、かじりつく。襲われる瞬間を見た時は、生きてはいまいと思ったという。

伝兵衛が頭に触れると、布が巻いてあった。頭の右に大きな瘤《こぶ》ができていたが、不思議と痛みは感じない。

夫のために酒を持ってきたお鶴が、記憶を失った伝兵衛に、心配そうな顔をした。

「でも爺様、あんなところで何してただよ」

顔は美しいが、言葉遣いは気取りがないお鶴は、伝兵衛には白湯《さゆ》を出してくれた。

一口含み、喉《のど》が渇《かわ》いていたことに気付いて全部飲み干《ほ》すと、伝兵衛は深い息を吐いた。

「思い出せないかね」

「……」

伝兵衛は、お鶴を見た。思い出そうとしても頭の中は真っ白なのだ。

「山菜を採っていたような身形じゃねぇが、旅をしていたにしちゃ、荷物もあれだけだ」

太吉の目筋の先には、ひとまとめにされた小さな荷物が置かれている。

「お前さま、しばらくうちにいてもらった方がいいよ」

「そうだな。何も憶えていないんじゃ、仕方ない。爺さん、自分が誰だか思い出すまで、ここで養生《ようじょう》しな」

「いいんですか。迷惑じゃ」

「迷惑は迷惑だが、追い出した方が後味が悪いや。動けるようになったら働いてもらうからよ、遠慮《えんりょ》するな。さ、もう寝よ」

太吉は酒を茶碗一杯だけ呑むと、女房を連れて奥の部屋に入り、戸を閉めた。

この若い夫婦に助けられた伝兵衛が起き上がれるようになったのは、三日後だった。熊の爪は深く入っていなかったようで、痛みはあるが、血は出なくなった。

関所から十数里離れた山の中にある村は、田圃《たんぼ》はなく、畑があるのみ。僅《わず》かに採れる麦と山の獲物《えもの》が、村人の収入だった。

金山《かなやま》村と名付けられているだけあり、戦国の世には金が採れたという。今は熊鹿猪《いのしし》が獲れると笑う村の者は、鉄砲や弓の名手が多いが、暮らしぶりは楽ではないのか、年寄りが少ない。青物より獣の肉を食べてばかりいるからか、長生きをする者が少ないのだ。

そのせいもあって、五十を過ぎている伝兵衛は、すっかり年寄り扱いされ、外を歩けば、

「下を見ていないと転ぶぜ爺さん」

などと言われ、若い衆から、杖《つえ》を作ったといって渡された。

五日目には、近くに傷に効く温泉があると言われて連れて行かれたのだが、岩を積んで作られた温泉は立派なもので、湯も心地よく、伝兵衛はすぐに気に入った。

「湯につかっていると、なんだか、ほっとするね」

傷の痛みも和《やわ》らぐ気がして、伝兵衛は毎日通うことにした。

次の日は、村の若者たちと温泉に行った。

自分も行こうとした太吉であるが、

「お前さま、ちょっと」

お鶴が袖《そで》を引っ張った。

「先に行っていてくれ」

伝兵衛を送り出し、家に入った太吉を囲炉裏端《ばた》に上げたお鶴が、廊下《ろうか》の障子《しょうじ》を閉めると、奥の物入れから荷物を持ってきた。

「なんだ、そいつは爺さんのじゃないか」

「これを見ておくれよ」

そう言ってお鶴が見せたのは、太い木の棒だった。

「ただの薪じゃねえか」

「それが違うんだよ。これ見て」

お鶴が、木の枝にしか見えない棒の両端を持ち、引き抜いた。

ぎらりと鋭い白刃を見て、太吉がぎょっとする。

「これもか」

もう一本あったのを持ち、抜刀した。刃文が美しい小太刀《こだち》を手にして、太吉は息を呑む。

「こいつは、仕込み刀だ」

「何者なんだろう。なんだか、怖くなってきたよ」

「悪い者とは思えねぇがな」

「記憶を失っているのは、嘘じゃないのかね」

「なんのために嘘をつくんだ」

「村長《むらおさ》が言ってた、山賊の一味じゃないのかい」

「山賊なら仲間がいるだろうよ。それに、熊に襲われたんだぞ」

「ここに来る途中で襲われたんだよ。怪我《けが》が治ったら、村を襲うつもりじゃないだろうか」

お鶴が不安だと言うと、太吉の顔つきが変わった。村長から聞いている山賊は、関東の村々を荒らし回っている鬼神《きじん》と言われる一味。若い女が捕まったら最後、売られるか、一味の慰《なぐさ》み者にされ、生きて戻らないのだ。

伝兵衛もその一味ではないかと疑った太吉だが、すぐに、頭を振る。

「あの爺さんが山賊とは思えねぇ」

「お前さま……」

「目を見りゃ分かる。ありゃ、善人の目だ」

「だったら、これはなんだよう」

お鶴が小太刀のことを言うと、太吉は鞘《さや》に納めた。

「お前がこれを隠していても、爺さんはそれにすら気付いていなかったろう。心配ねぇよ。他には、何を持っている」

荷物を探ると、僅かな路銀と印籠《いんろう》があった。

無紋の漆《うるし》塗りの印籠を開けて中身を出すと、小豆ほどの大きさの真っ白い粒が入っていた。

「石かね」

一粒摘《つま》んだお鶴が、指に挟んで上にかざし、綺麗《きれい》だと言った。

「薬、いや、毒じゃねぇか」

「おっかねぇ」

お鶴が放り投げたのを太吉が拾い、印籠に入れた。実は大変な秘薬なのだが、それと知るはずもなく、太吉は印籠を荷の中に押し込んだ。

「爺さんが何か思い出しても、刀がなけりゃ安心だ」

「どうするだ」

「傷が癒《い》えたら出て行ってもらう。こいつは捨てるにゃ惜《お》しいから、小屋の奥に隠しておく」

そう言って、太吉は荷物を抱えて外に出ると、裏の小屋に隠した。

小太刀のことも荷物のことも忘れている伝兵衛は、村の若い衆と温泉につかり、ゆっくり傷を癒《いや》している。

遅れて来た太吉が、前とは違う目を向けていても、伝兵衛はそれに気付かず、

「太吉どん、ええ湯を教えてくれて、ありがとう」

呑気《のんき》に笑顔で言い、肩を揉《も》んでやった。

記憶を失っているとはいえ、身体は憶えているもので、伝兵衛の肩もみは、太吉を驚かせた。

「爺さん、いい腕だな。按摩《あんま》を習ったのか」

「さあ、どうだか」

「傷が痛むんじゃないか。無理をしない方がいいぜ」

「いやぁ、この湯のおかげで随分《ずいぶん》楽になった。この分だと、二、三日もすれば働ける。何をしようかね」

「そうだなぁ……」

「木こりなら、わしにもできると思うが」

伝兵衛が言うと、若い衆が手をひらひらとやった。

「止めておけ、爺さんには無理だ」

「そうそう、腰を痛めちまう」

などと言われ、笑われたが、太吉は、表情をこわばらせた。

「どうしただ、太吉。怖い顔をして」

若い衆のひとりが気にすると、太吉は首を横に振る。

「いや……」

「それにしても、爺様の身体は傷跡だらけだな。若い時何した」

「ああ、これ」伝兵衛は、肩の古傷を触った。「さっぱり、思い出せんのう」

「相当な悪だったりしてな、ええ、おい」

和助《わすけ》という大柄の若者が冗談《じょうだん》めかして言うと、皆が、おお、と言って伝兵衛を見た。

小柄の伝兵衛からは、傷を負《お》うような戦いをすることが想像できないのだろう。

「木から落ちたんけ」

と一人が言うと、どっと笑った。

笑えなかったのは、太吉だ。

胸の傷の手当てをする時に、伝兵衛の身体には腹や肩のいたるところに傷跡があることは知っていたが、さして気にしていなかった。しかし、小太刀を見てしまった今、あれは刀傷だと、思ったのである。

仕込み刀のことなどすっかり忘れている伝兵衛は、湯から上がって村に帰る途中、ふと、道端の草に目を留めた。刺々《とげとげ》しい草の名は分からぬが、何処かで見たような気がして、手を差し伸べて摘《つ》み取った。

じっと眺めていると、和助が後戻りして来た。

「そいつは毒草だ。食べるなよ、爺様」

毒と聞いて、伝兵衛は草を見た。ある秘薬作りに必要な薬草の一つなのだが、まったく思い出せないまま、道端に捨てて村に帰ってしまった。

伝兵衛が村長の八右衛門《やえもん》宅に呼ばれたのは、翌日だった。

二百余人の村人を束《たば》ねる村長は、村役たちを側に置き、伝兵衛を庭に立たせたま
ま、下人に向けるような目つきをしている。

「旅のお方、あんた、自分の名も、何処から来たのかも憶えていねぇそうじゃな」

村でも年長の村役に訊《き》かれて、伝兵衛は腰を折った。

「へえ」

「その年で難儀なことじゃ。遠慮せず、ゆっくり養生するがええ」

もう一人の四十歳前後の村役に言われ、伝兵衛が顔を上げる。

「村に、置いていただけるのですか」

すると、村役たちが顔を合わせた。村長が顎《あご》を撫《な》で、難しい顔をして言う。

「自分の正体も分からねぇんじゃ、家にも帰れねぇだろう」

「だども村長、この村には、よそ者を一月も置いたことがねぇのだぞ」

そう言ったのは、一緒に来ていた太吉だ。太吉は、伝兵衛が小太刀を持っているこ
とは言わなかったが、ずっと置くことは不安だったのだ。

「若い者ならまだしも、年寄り一人置いたって、どうってことはね。太吉、面倒見て

やれ」

太吉が、躊躇《ためら》った。

「どうした、嫌なのけ」

村長が言うと、他の村役が口を挟んだ。

「そりゃ嫌だろうよ、なんせ嫁をもらったばっかしだ。爺様がいたんじゃ、夜のあれがおもいっきしできねぇやな。なあ、太吉」

「それもそうだ」

愉快《ゆかい》そうに笑う村役たちに、太吉は真面目《まじめ》な顔を向けている。

顔を横に向けた伝兵衛は、後ろにいる太吉に頭を下げた。

「なんでもしますので、しばらく置いてやってください」

太吉はどうしようか迷ったが、伝兵衛を見ていると突き離せなくなり、

「ああ、分かったよ。好きなだけいな」

ついつい、承諾《しょうだく》してしまった。

二

「まあ、器用だこと」

出来上がった竹籠《たけかご》を見て、お鶴が感心した。

使い古されて穴が開いていた竹籠を見た伝兵衛が、世話になっている礼にと、裏山の竹で編《あ》んだのだ。

「箸《はし》も作ったので、どうぞ」

夫婦の分を渡すと、お鶴が喜んで受け取った。

「竹細工《たけざいく》は、憶えていただか」

「見よう見まねで手を付けたのですが、なんとか出来ました。頭の瘤が引いたら思い出すかと待っていたのですが、この古頭《ふるあたま》には、なぁんにも浮かびません」

伝兵衛は、頭を拳で打って見せ、笑った。

「言葉を憶えてるんだから、今に思い出すさね」

お鶴は、ちょっとした怪我《けが》のように言うが、世話になって今日でちょうど一月。

若い夫婦に遠慮した伝兵衛は、村長の許しを得て近くの小屋を借り、そこで寝起きしていた。ただ、小屋には煮炊《にた》きする場所がないので、朝晩の食事は、お鶴の世話になっている。

太吉が、爺さんは按摩が上手だと村の者に言い、そのお陰で、村長や村役の家に招かれることもあり、僅《わず》かな駄賃《だちん》を手にすることもできていた。村長の家に行くようになって何よりの収穫は、村の者が、伝兵衛を受け入れてくれたことだ。

それは太吉夫婦も同じで、

——やっぱし、悪い人じゃない

ということになり、大事にされた伝兵衛は、安寧《あんねい》な日々を過ごしている。

和助などは、爺様爺様と声をかけては小屋から連れ出し、自分の家に招いてくれた。

和助の父親は他界していたが、母親が健在で、

「どうだ爺様、おっかあの飯はうまかろう」

などと言い、しきりに話をさせようとする。

伝兵衛が、腰の曲がった婆様《ばあ》の背腰を揉んでやると、極楽極楽と喜びつつも、

「親のことより、自分の心配をせえ」

いつまでも嫁を貰わぬ息子を急《せ》かした。

村は貧しいが、若い娘は少なくない。和助がその気になればすぐにでも嫁は来るだろうが、

「鉄砲撃ちは、いつ死ぬかわからねぇから」

幼い頃に父親を亡くしていた和助は、母親の涙を見て育ったのだと伝兵衛に言った。山で鉄砲を撃つ者はいつ死ぬか分からないので、嫁を貰うのを躊躇っているのだ。

「熊の猟は、命がけなのか」

伝兵衛が訊くと、和助は厳しい顔で頷いた。

「一発で仕留めなきゃ、こっちがやられる。太吉ほどの腕がありゃ、死ぬことはねぇだろうが」

「太吉どんは、そんなに凄いのか」

「凄いさ。三十間（約五十五メートル）も離れた場所の徳利《とっくり》に命中させる。熊のここを撃ち抜くのは、朝飯前だ」

和助が眉間《みけん》に指を当てて、そう言った。

伝兵衛が感心すると、和助が身を乗り出す。

「明日猟に行くが、付いて来るかい」

母親が危ないと言って止めたが、伝兵衛は、連れて行ってくれと頼んだ。この時伝兵衛は、山に入って熊を見れば、記憶が戻るのではないかと思ったのだ。

和助も同じことを考えていたらしく、若い衆に報《しら》せると言い、家から出かけた。

だが翌朝は、じめじめと雨が降っていた。

開けた戸口の外の雨だれを眺めながら、伝兵衛は、昨夜の夢のことを考えていた。

血のように赤い玉をめぐり、誰かと争っている夢を見たのだが、顔も名前も出て来ない。その男と刃を交《まじ》えたあと、男が口に血を滲《にじ》ませて死に向かう顔で、上様のために、江戸から逃げろと言った。その時に目が覚めたのだが、伝兵衛にはただの夢だとは思えなかった。

猟に出られないので村の若い衆はすることがなくなり、村長の家に集まって酒盛りをしている。

伝兵衛も誘われたのだが、胸の傷がうずくと言って断り、小屋の中で休んでいた。

「わしは、何者なのだ」

考えれば考えるほど頭の中が真っ白になり、何も出て来ない。雨だれの音が頭の中で木霊《こだま》し、山霧に煙《けぶ》る村の景色がゆがんで見える。

霧の中から、導火線に火を付けた樽《たる》を抱えた男が現れ、伝兵衛の小屋に駆け込んだ。

「……さん。爺さん、おい、爺さん」

声に気付くと、身体を揺すられていた。

覗き込んで心配したのは、太吉だ。

「大丈夫か爺さん、酷《ひど》くうなされていたぞ」

驚いて起き上がった伝兵衛は、辺りを見回し、長い息を吐いた。

「悪い夢を見た」

「どんな夢だ」

「恐ろしい夢じゃ。火薬を詰めた樽を抱えた男に襲われる夢じゃ。死ぬるかと思うた」

伝兵衛が怯《おび》えていたのが滑稽《こっけい》に見えたのか、共にいた和助たちは笑ったが、太吉は笑わなかった。

「まんざら、ただの夢じゃねぇかもよ。他には、どんな夢を見ているんだい」

伝兵衛は、昨夜の夢のことを言おうとしたのだが、この時は、頭に浮かばなかった。

「今朝方見たんだが、なんだったか、思い出せない」

「夢ってな、そういうもんだろ」和助が言った。「おらも、起きたばっかしの時は憶えているけんど、飯食う時は忘れているもんな」

「おらもそうだ」若い衆の一人が言い、伝兵衛に酒を差し出した。「これ呑んで、温泉行こう」

雨が止んだので、皆で行くことになったらしい。村の女たちは先に行っているようで、伝兵衛は急かされた。

男たちが村から山道に踏み入った頃、温泉場では、湯から上がった女たちが身支度《みじたく》をしていた。鬱蒼《うっそう》と茂る木の上に潜《ひそ》み、遠眼鏡《とおめがね》を覗いて舌なめずりをする曲者《くせもの》がいることに気付かぬ女たちは、美しい裸体を曝《さら》して、雑談に夢中になっている。

「お頭がおっしゃったとおりだ。いい女ばかり揃《そろ》ってやがる」

嬉々《きき》とした目で言うと、曲者は遠眼鏡を腰に差して木から下り、山の中を駆け去った。

村の若い衆と温泉に向かっていた伝兵衛は、ふと、足を止めた。

「爺さん、どうした」

太吉に言われて、伝兵衛は山の奥に向けていた目筋を戻した。

「何かいたような気がしたんじゃが」

「何処に」

「あそこの、大きな木の辺りじゃ」

指さすと、

「ああ、どんぐりの木か。猿でもいたんじゃねぇか」

太吉が言った時には、既《すで》に気配はなくなっていた。

伝兵衛は気にすることなく、若い衆のあとに続いて歩んだのだが、その大木の幹の裏には、先ほどの曲者が貼り付いていた。

曲者は、村の男たちが去るのを待って、再び山の中を駆けて行った。

翌日は朝から天気が良く、伝兵衛は、太吉たちの猟を見に山に入った。狙いは熊だったが、若い衆が連れて来ていた犬はまったく元気がない。

「犬たちが大人しい時は、熊がいねぇのよ」

和助がそう言って、狐《きつね》色の犬の頭を撫でた。

仕方ないので狙いを鹿に変えて、男たちは山奥に入った。しかし、どうしたことか鹿も見当たらず、雉《きじ》の一羽もいない。

「こんなのは、初めてだ」

山の様子が変だと言いながら、男たちはどんどん奥へ入って行く。伝兵衛が遅れずについていくと、

「爺様、足が強いな」

和助が感心した。

「若い者にはまだまだ負けんわい」

「はは、言うねぇ爺さん。それなら、温泉まで競走だ」

今日の猟は止めだと太吉が言い、鉄砲の火縄を踏《ふ》んで火を消した時、山に鉄砲の轟《ごう》音《おん》が轟いた。

「なんだ？　よその村の者が入《へ》えっているのか」

誰かが言った時、二発目、三発目が鳴った。

「村の方からだ」

伝兵衛が言うと、若い衆が顔を合わせた。

「まさか、鬼神じゃ――」

和助がそう言うと、太吉が息を呑み、伝兵衛を見た。

「鬼神とはなんじゃ」

伝兵衛が訊くと、

「山賊だ！」

太吉が言い、女房たちが危ないと叫び、山道を駆けた。

伝兵衛は、鉄砲の火縄を消したまま帰る若者たちを止めたが、我を忘れているために、誰も言うことを聞く者はいない。

記憶はないが、伝兵衛の血が、若者たちの危険を感じている。拳を作って握りしめた伝兵衛は、若者を追って駆け出した。途中で腕の太さの枝木を見つけると、無意識のうちに拾い、山を下った。

その頃、村では、女子供が逃げ惑《まど》っていた。

突然現れた騎馬の集団は、漆黒《しっこく》の甲冑《かっちゅう》をつけ、顔を鬼面で隠し、槍と太刀を持って村を襲い、抗《あらが》う者は容赦《ようしゃ》なく斬り殺した。

中には鉄砲を持った騎馬武者もいて、逃げた男を見つけるや、狙いを定めて撃ち殺した。

焼かれた家の煙が村を覆い、山賊の奇声と、村人の悲鳴と断末魔の叫びが入り混じり、山にこだまする。

馬から降りた賊が家の戸を蹴破って中に押し入ると、隠れていた女を見つけて担《かつ》ぎ上げ、外に出て馬に縛《しば》り付けた。

太吉の女房は、賊の目を盗んで山の中に駆け込んだのだが、気付いた賊が馬を馳《は》せて追って来た。

低い枝をくぐって奥へと逃げたお鶴であったが、馬の足に勝てるはずもなく、すぐに追いつかれた。振り向いて、持っていた包丁で自分の喉を突こうとしたのだが、鬼面を付けた賊が鞭《むち》を振るって腕を叩き、包丁を落とされた。

恐怖に声が出ぬお鶴は、這《は》って逃げようとしたのだが、馬から降りた賊の手刀で後ろ頭を打たれて、気絶した。

鬼面をつけ、陣羽織を着た侍が現れると、騎馬武者が馬から降りて頭を下げる。

侍は馬から降り、気を失っているお鶴の側に行き、頬を撫で、身体を触った。

くつくつと笑い、控える騎馬武者に命じる。

「良い女じゃ。いつもどおりにやれ」

「はは」

騎馬武者は、馬を馳せて帰る侍を見送ると、お鶴を担ぎ上げて馬に乗せた。

山から戻った騎馬武者が、村の様子を見回すと、

「引き上げじゃ！」

叫ぶや、馬の手綱を引いた。

一声高く嘶《いなな》く馬が、村の中を駆け抜けた。

騎馬武者の集団がそれに続いて村から去り、煙が風に流されると、そこには、悲惨な光景が広がっていた。

太吉たちが杉林の小道から飛び出したのは、全てが終わった後だった。

炎を上げる家もあり、道端には、斬られた男たちが倒れている。

「おい！　しっかりしろ！」

太吉が男を起こすと、微《かす》かに目を開け、弱々しい声を発した。

「お、女たちが、つ、連れ去られた」

太吉は村の中を駆け抜けると、自分の家に駆け込んだ。

「お鶴！　お鶴！」

いくら呼んでも返事はなく、家の中は荒らされている。外に飛び出し、裏に回ってみたが、小屋にお鶴はいなかった。

伝兵衛が声をかけようとしたが、太吉はそれを拒むように背を向け、村長の家に走った。

あとを追って行くと、

「おかあ、おかあ！」

和助の声が家の中からした。

伝兵衛が和助の家の中に入ると、板敷きの上で、和助が母を抱きかかえてうずくまっている。

「和助どん」

声をかけると、目を真っ赤にした和助が顔を上げた。

「おかあが、おかあが死んじまった」

子供のように泣き叫ぶ和助に、伝兵衛はかける言葉が見つからず、ただ、肩を摑んで引き寄せた。

「やったのは鬼神だ。そうに違いない」

村長の八右衛門は、代官に呼ばれて隣村に行っていて難を逃れたが、帰って来て村の惨状を見るなり、鬼神の仕業《しわざ》だと決めつけた。

攫《さら》われたのは十五歳から三十歳くらいの女ばかりで、子供や年増《としま》の女は、和助の母親以外は無事だった。和助の母親は、賊に手をかけられたのではなく、怖ろしさのあまり、心の臓が止まってしまったのだ。

村の者で殺されたのは、猟に出ていなかった男が五人。ほかの者は、怪我を負わされていたが、なんとか命だけは助かっていた。

村長は、鬼神に攫われた二十余名の女たちのことを案じた。その中には、お鶴も含まれている。

伝兵衛は、案じるばかりで何もしようとしない村長に苛立《いらだ》ち、立ち上がった。

「何処へ行く。逃げるのか」

太吉が疑いの目を向けていることに、伝兵衛は戸惑った。しかし、今はその真意を確かめる暇はない。

「馬の蹄《ひづめ》の跡がくっきり残っている。わしは、あとを追うぞ」

山で拾っていた枝を握ると、伝兵衛は外に駆け出した。待ってくれと言って太吉が来ると、和助も来た。

「おかあの仇《かたき》を討つ」

ほかの若い衆も来たので、皆で蹄の跡をたどって山道を下った。

賊どもは、途中で二手に分かれていた。多くは山道を上り、五頭ほどが下っている。

伝兵衛たちは、数が多い方を追った。

沢を渡り、山道を上って行くと、大きな街道に出た。

「これを右へ行けば、甲府《こうふ》に行くはずだ」

太吉が言った。

正面には、富士山がそびえている。

伝兵衛は迷わず街道を追ったのだが、二股に分かれた道の手前で立ち止まった。蹄も二手に分かれているのだが、旅の荷馬が付けたものなのか、賊のものなのか判断に迷ったのだ。

「これじゃあ、どっちへ行ったのか分からねえ」

和助が言った。

太吉が地面にへばりつき、蹄の跡を触っている。

「新しいのは、右だ」

「よし、行ってみよう」

伝兵衛は、右の方角に足を向けた。

馬は途中から一列になり、小道に入っていた。追って行くうちに日が暮れてきて、山の小道は、灯《あか》りなしでは歩けなくなってきた。

そこで太吉が火を熾《おこ》そうとしたのだが、伝兵衛がそれを止めた。

「火を賊に見られたら危ない。今夜は、ここで休もう」

薄暗い山の中で大木を見つけて、その根元に身を寄せた。

誰もが攫われた女房や身内を案じて、押し黙っている。今の時季昼は暖かいが、夜はまだまだ寒い。山道を歩いて汗をかいていた者は、身を縮めて震えだしたが、火を熾すことはできないため、身を寄せて寒さをしのいだ。

三

翌朝、辺りが明るくなると同時にあとを追った伝兵衛たちは、しばらくして、人が三人並んで歩けるほどの道へ出た。

「この道なら知っているぞ」

若い衆の一人が、道端の松の大木に見覚えがあると言った。山道を上ったところに、小さな集落があるという。

「確か前に見た時は、空家ばっかしだったが」

「怪しいな。山賊の隠れ家に違いねえ」

太吉が決めつけて言い、先を急いだ。

伝兵衛は辺りを見回し、若い衆たちの背中を追った。丸腰で集落に入るのは危険すぎると思い、もうすぐだと若い衆が言った時、皆を呼び止めた。

「相手は武器を持っている。このまま行っても、殺されるだけじゃ」

「そんなことは分かっているさ、爺さん。でもよ。こうしている間にも、女房たちが酷い目に遭わされているかと思うと、いてもたってもいられねぇべよ」

太吉が苛立ったように言い、再び歩みだした。

「待て、待たんか」

伝兵衛が慌てて止めた。

「まずは様子を見て、賊の寝ぐらかどうか確かめるのじゃ。もし賊がいれば、足の速い者が村に帰って八右衛門殿に報せて、お代官に助けを求めたほうがええぞ」

「そんなことしていたら、助けられる者も助けられねえ」

そうだそうだという若い衆たちを、伝兵衛が制した。

「落ち着け。素手で何ができる。このまま行ったところで、斬られて死ぬだけだ」

太吉は自分の手を見て、唇を噛みしめた。若い衆たちも、押し黙っている。

「ここでこうしている暇はない。山に隠れて様子を見よう。さ、行くぞ」

伝兵衛が先に立つと、若い衆たちはそれに従い、山の中に分け入った。

途中で集落を知っている者を先に行かせ、見下ろせる場所に到着すると、藪《やぶ》の中から様子を探った。小川のほとりにある集落は、小屋のような建物が十軒ほどあり、どの家からも、白い煙が上がっている。そして、小川のほとりには馬が数十頭見え、世話をする男もいた。

「間違いない。賊の寝ぐらだ」

太吉が言い、後ろにいる若い衆に顔を向けた。

「小六《ころく》、村長に報せてくれ」

「分かっただ」

小六と呼ばれた小柄の若者が行こうとしたが、伝兵衛が止めた。

「待て、誰か来る」

そう言って身を低くさせて見下ろすと、程なく、山駕籠《やまかご》が集落に入って来た。

山駕籠には、編笠《あみがさ》をつけ、股引《ももひき》に草鞋《わらじ》、腰には道中差しを帯びた五人の男が付添っている。集落の中で一番大きな家の前で止まった駕籠から降りた者が、出迎えた者たちと別の家に行き、中に入った。

土間には、女たちが並ばされている。

四十代の男は、出迎えた者から何かを耳打ちされると、不敵な笑みを浮かべた。あばた顔の目付きの悪い男は、見るからに、あくどい商売をしていそうな面構えをしている。

並んで俯く女の前に行き、顎を摑んで上げさせると、縛られて身動きできない身体を触る。

「なかなかに良い。しっかり、稼がせてやるからな」

女は恐怖に顔を引きつらせ、声も出せぬ。

男はそれを楽しむような笑みを見せると、

「全員いただこうか」

物でも買うような言い方をした。

伝兵衛たちは、小六を村に走らせようとしていたのだが、楽しげな声をあげて男が出てきたので、身を伏せて見守った。すると、家の中から女たちが連れ出された。

「あっ」

女房がいる、と声をあげて立ち上がろうとした小六を、伝兵衛が押さえつけた。

攫われた村の女たちは縄で繫がれて一列に並ばされ、その列に、編笠の男たちが付添った。

駕籠に乗っていた男が手下を手招きすると、歩み寄った手下が、背負《せお》っていた荷箱を渡した。取り出されたのがまとまった金であることは、受け取った賊の様子で想像できる。

「人買いだ」

太吉が言うと、そうに違いないと、若い衆たちが続く。

箱根か甲府か分からないが、買われた女たちは宿場に連れて行かれ、女郎にされてしまうに違いない。そうなれば、死ぬまで客を取らされる。

「どうする、連れて行かれたらしめぇだぞ」

若い衆から焦《あせ》りの声があがった。

「こうなったらやけくそだ。皆で助けに行くべ」

女房を助けたい一心で、若い衆は今にも飛び出しそうだ。

伝兵衛は、そんな若い衆を抑え、山の中へ押しやった。

「落ち着いて考えろ。人買いに賊が付いて行く気配はない。ここから離れた場所で襲えば、わしらにも勝ち目はある。先回りして、待ち伏せするんじゃ」

「なるほど、爺さんの言うとおりじゃ。よし、皆、先回りするぞ」

太吉が言い、若い衆を連れて山の中を駆けた。

危ないから爺さんは隠れていろと太吉に言われた伝兵衛は、待ち伏せする場所から離され、道の下の茂みに潜んでいた。

女たちを連れた人買いたちは、薄暗い山道を下って来た。村の女たちは皆、縄で手を繋がれている。街道に出れば怪しまれるので、ずっと山の中を下って行くつもりなのだろうか。

「おう、街道に出たら駕籠に乗せてやるからな。辛抱《しんぼう》して歩け」

編笠の手下が村の娘に近づいて言い、尻を触った。娘が悲鳴をあげてうずくまったので、山駕籠に乗っていた男が睨《にら》みつけた。

「だいじな商品を汚い手で触るんじゃない」

「へい、すんません」

人買いの男が舌打ちをして、女を睨む。

「おい女、さっさと歩かないと、さっきの奴らに返すぞ。わたしと来れば綺麗な着物も着れて、白いまんまも食べ放題の極楽、返されたら死ぬまで使われる地獄だ。よく考えな」

「おかえちゃん、立って」

女が村の女に助けられて立ち上がった時、

「おかえ!」

山の上から声がした。

太い枝の棒を握った太吉たちが駆け下りて道の前後を塞《ふさ》ぐと、人買いの一味が動揺した。

「だ、誰だ！　てめえら」

「おらの女房を返せ！」

小六が棒を構えて言うと、手下の男が鼻で笑い、道中差しを抜刀した。

「村の者か。おもしれえ、かかってきやがれ」

「このやろ」

小六が棒を振り上げてかかると、手下が刀で受け、小六の手首を握って押し倒した。

下で暴れる小六を押さえつけ、左手に握った刀を首に当てようとした時、背後から村の若い衆が襲いかかり、棒で頭を打った。

「うっ」

白目をむいた手下が倒れると、小六が女房に這って行き、手を握った。

「おかえ、おかえ、大事ないか」

「おまえさん」

「もう大丈夫だぞ」

小六はそう言って安心させると、手に唾《つば》をぺっとかけて棒を握り、人買いどもを睨むや、大声をあげて殴《なぐ》りかかった。

若い衆たちが手下と戦っている隙《すき》に女たちが集まり、身を寄せ合った。

山の猟で身体を鍛《きた》えている太吉たちは、人買い一味と対等以上に戦い、もう少しで決着がつきそうだった。

ところが、手下の男を打ちのめそうと振るった和助の棒が、すっぱりと断ち切られた。

ぎょっとした和助が目を向けると、駕籠から降りた人買いの男が、太刀をぎらりと振るい、切っ先を突き付けた。

「命ばかりは助けてやるから、女を置いて立ち去れ」

「和助！」

叫んで助けに入った太吉が、手下から奪った道中差しを振るったが、人買いの男に弾《はじ》き飛ばされた。

「分からん奴らだ、な！」

人買いの男が太刀を真横に払うと、太吉が怖気《おじけ》づいて尻もちをついた。その鼻先に切っ先を突き付けられ、太吉は息を呑んだ。

「太吉！」

「おい！　動けばこいつの顔に穴が開くぜ」

人買いの男に脅《おど》され、助けようとした和助はその場で止まり、村の若い衆たちは、押さえつけていた手下どもから手を離した。

勝ち誇った顔をした人買いの男が、太吉に言った。

「わたしも殺生《せっしょう》は嫌いなのでね。女どものことは諦めて帰れ」

「く、くそ」

太吉は、どうすることもできずに悔しがった。

村の若い衆たちが、手下どもに棒を奪われ、滅多《めった》打ちにされている。

小六が、目に涙を浮かべて立ち向かおうとしたが、人買いの男に胸を蹴られ、悶絶《もんぜつ》した。

それを見たおかえが悲鳴をあげた時、

「うるさいんだよ、お前」

人買いの男が怒り、おかえを蹴り倒した。

「やめろ！」

小六が足にしがみついたので、人買いの男が目を見開き、刀の柄《つか》で頭を打った。

呻《うめ》き声をあげて地べたにうずくまった小六を見下ろした人買いの男が、

「大人しくしろと言っただろうが」

太刀の切っ先を下に向けて背中に突き入れようとした。

「いい加減にしねぇか！」

背後で怒鳴《どな》られた人買いの男が、まだ仲間がいやがったかという顔で振り向く。

棒を持って立つ伝兵衛を見て、目を細めた。

「爺さんよ、邪魔すると容赦しねえぞ。大人しく山菜でも採ってろ」

「お前こそ、皆を置いてこの山から下りろ」

「わたしとやろうってのか、爺さん」

太刀を肩に置いて余裕で言う人買いの男を見て、伝兵衛の本能が大したことがないと見抜き、自然と笑みがこぼれた。

薄笑みを浮かべて棒を右手に持ち替えた伝兵衛に、人買いの男は真顔となった。

「おもしろい。おい野郎ども、じじいを痛めつけてやれ」

「おう」

命じられて伝兵衛に向かう手下を見て、

「爺様、逃げろ」

棒で打ちのめされた痛みに顔をしかめながら、和助が必死に叫んだ。

伝兵衛に迫った手下の一人が、棒を振り下ろしたその刹那《せつな》、

「おぇぇ」

伝兵衛に腹を突かれて、白目をむいて突っ伏した。

「やろ！」

二人の手下が道中差しを振るって同時にかかったが、伝兵衛はするりとかいくぐり、棒を振るって背を打ち、二人を簡単に倒してしまった。

「やるな、じじい」

そう言った人買いの顔からは、余裕が消えていた。手下の一人がそっと背後に回るのを一瞥《いちべつ》するや、太刀を正眼に構えた。手下が道中差しを振り上げるのに合わせて、人買いの男は、

「てや！」

太刀を真《ま》っ直《す》ぐ突いてきた。

が、伝兵衛は、双方の刃が身体に触れる寸前で横に転じてかわした。

後ろから斬りかかった手下は人買いを袈裟《けさ》懸《が》けに斬り、人買いが突いた刀の切っ先は、手下の腹に突き刺さった。

呻き声をあげて倒れた二人を見て、駕籠かきたちは腰を抜かして尻もちをつき、足

をばたつかせて後ずさりすると、悲鳴をあげて山を下って行った。

一人の手下が集落の方に走り去ったので、伝兵衛は追おうとしたのだが、頭が急な激痛に襲われて、その場にうずくまった。迫りくる敵の影が、頭をちらつく。

「爺さん、おい、爺さん！」

太吉が這い寄ったが、

「だ、大丈夫、大丈夫」

大きな息をした伝兵衛は、痛みが和らいだので立ち上がり、道中差しを拾うと、手を縛られた女たちを助けてやった。

だが、女たちの中に、お鶴の姿はなかった。

「お鶴、お鶴はいないのか」

夫や兄弟の胸に抱かれて安堵《あんど》する女たちに訊いたが、誰も知らなかった。どうやら、お鶴ただ一人だけ、別の場所に連れて行かれたのだ。

「お鶴さんは、山道を下っていた賊に連れて行かれていたのか」

伝兵衛が、昨日見た足跡のことを言うと、太吉が駆け出した。

伝兵衛もあとを追ったのだが、村の近くまで戻った時には豪雨に見舞われて、道が川のようになっていた。

「足跡が、足跡が消えちまう」

容赦なく流れる泥水の中にへたり込んだ太吉が、春の冷たい雨に打たれながら、お鶴の名を何度も叫んだ。

その肩を両手で摑もうとした時、太吉が振り向いた。赤くした目は、怒りに満ちていた。

「爺さん、あんた、何者なんだ」

問われて、伝兵衛は、己の手を見つめた。先ほど、人買いの一味を倒した時、自分の身体が勝手に動いたことに、驚いていたのだ。

「さっきの技、おらに教えてくれ」

伝兵衛は、返答ができなかった。記憶の中に剣術のことなどないのだ。

あの時は、身体が無意識のうちに反応して敵を倒したのだが、記憶を失っている伝兵衛がそうと知る由もなく、

「必死に棒を振るっただけじゃ」

そう答えるしかなかった。

四

掌《てのひら》を向けて後ずさる人買いの手下に太刀を向けているのは、鬼神の頭目、謙蔵《けんぞう》である。

「た、助けてくれ」

「半三郎《はんざぶろう》は新陰流《しんかげ》の遣《つか》い手だぞ。それが、じじい一人に倒されたというのか」

「お、おそろしく身軽なじじいだ。ありゃきっと、天狗《てんぐ》にちげぇねぇ」

「黙れ！」

「ひっ」

縮み上がる手下を、謙蔵が鬼の形相《ぎょうそう》で睨んだ。

「この世に天狗などいるものか」

「は、はい」

太刀を喉元に突き付けたまま、謙蔵が手下の前にしゃがんだ。

「女を助けに来たのは、金山村の者か」

手下が何度も頷くと、冷徹《れいてつ》な目を向けていた謙蔵が、立ち上がった。

「百姓《ひやくしよう》にやられるとは、半三郎も情けない野郎だ。一度売った女どもがどうなろうが、われらの知ったことではない」

「はい、はい」

「分かったら、失せろ」

刀を引くと、手下は這うようにして外に出て逃げ去った。

「お頭、金山村の者はどうします」

謙蔵の側近が訊くと、彼は納刀し、板敷きに腰かけた。唇を舐《な》め、手下を睨むようにして笑みを浮かべる。

「もう一度攫うまでのことよ。人買いは、他にもいるからな」

「同じ女で二度儲《もう》けですか、それはいい。いつやります」

「甲府に行った仲間が戻り次第《しだい》やる」

謙蔵はそう言うと座敷に戻り、酒を呑んだ。

「真八《しんぱち》、お前もやれ」

側近に酒を勧《すす》め、手酌《てじやく》で盃《さかずき》を干《ほ》すと、地図を広げた。金山村にはばつ印が入れてあり、他にも、数か所の村に印がしてある。その全てを襲い、略奪《りやくだつ》をしてきた鬼神の一味は、二千両にもなる金を儲けていた。

「金山村の始末をつけたら、しばらく身を隠す。上方にでも行って、遊び暮らすか」

「それは楽しみです」

「出かけて来る。荷造りしておけ」

謙蔵は手箱を開け、人買いから受け取っていた金の半分を懐《ふところ》に押し込むと、太刀を持って出かけた。


金山村に戻った伝兵衛は、村長の家に行くという太吉について行った。

それぞれの家に戻った女たちは、親や兄弟たちと抱き合い、無事に戻れたことを喜んでいる。

村長の家に行った伝兵衛は、太吉たち若い衆のことを称《たた》える村役を押しどけて、前に出た。

「聞いてくれ、村長。人買いの仲間が逃げた。おそらく、鬼神の一味に助けを求めたに違いない。奴らは必ず来る。その前に、皆を連れて村から逃げろ」

伝兵衛の訴えに、村長は腕組みをして険しい顔をした。

「考えている暇はないぞ、村長」

「そう言われても、わしらに行くところはない」

「逃げないのか。女たちがまた攫われるぞ」

伝兵衛が必死に訴えたが、村長も村役たちも、動こうとしない。女のことなどどうでもいいのかと思ったがそうではなく、鬼神から逃げても、必ず見つかるというのが、理由だった。

「女子供は、お代官様に匿《かくま》ってもらうよう頼んでみる。いかに鬼神といえども、お代官がおられる村は襲えまいからな」

「では、すぐに連れて行こう」

「それはできん。何をするにしても、お代官様の許しを頂かなくてはならんのじゃ」

「その間にも、奴らが来てしまうぞ、連れて行ってその場で頼め」

「それでは道中が心配じゃ」村長は考える顔をして、すぐに思いついた。「そうじゃ。女子供は、竹藪の奥にある木こり小屋に隠れさせよう。あそこなら、道もねぇし、見つからねえかもしれん」

「皆を押し込むには、狭くねぇだべか」

村役が言ったが、

「そんなこと言っている場合じゃね」

村長が、そこに隠すことに決めた。

「女を隠して、村はお代官様の御家来衆に守ってもらおう。又七《またしち》を陣屋へ走らそうと思うが、どうかの、皆の衆」

「そのほうが、話が早かろうな」

「んだ、そうと決めたら、急いだほうがええ」

村役たちが賛同すると、村長は、急いで助けを求める書状を用意した。

その書状を懐に入れた又七という下男が村を出たのは、程なくのことだ。代官の倉《くら》持《もち》がいる村は、金山村の隣にあり、半日あれば行って帰れる距離だという。

伝兵衛はこの時、村長から聞いて知ったのだが、金山村は、五千石大身旗本岩田《いわた》淡《あわ》路守《じのかみ》の領地であり、代官の倉持は岩田家の家来で、二年前に江戸から赴任してきたという。

八右衛門いわく、代官としての役目はそつなくこなしているというが、日暮れ時に帰って来た又七は、肩をがっくりと落とし、絶望の表情を浮かべていた。

「誰も、よこさぬだと」

書状の返答を聞いた村長は驚き、又七から渡された代官の書状を急いで開けて目を通すと、手を震わせた。

代官の倉持は、陣屋がある村の警護を優先し、人が足《た》りぬことを理由に、小さな村一つにかまっていられないなどと言い、助けを出す気がないのだ。

女房の行方《ゆくえ》が分からぬ太吉は、代官所から来た役人に助けを求めるつもりでいたらしく、

「野郎、鬼神が恐ろしいに違いねえ」

そう言って悔しがり、板敷きを拳で叩いた。

背中を丸めて縮こまっていた又七がびくりとして、顔を上げた。

「村長、お代官のことだけんど、どうも妙なんだ」

「妙ってなんだべ」

「おら、見ただよ」

又七は、目を泳がせた。

「何を見たんだ。言ってみろ」

「見間違いでねぇと思うのだが、鬼神の一味の者が、陣屋にいただよ」

「何！　お代官様は、鬼神の一味の者を捕らえられていたのか」

「そうではねえ。おらの娘を連れ去った奴が紋付き袴《はかま》をつけて、御家来衆に混じって陣屋にいただ」

「なんじゃと！」

村長は絶句した。

「滅多なこと言うでねえ。でぇいち、鬼神は鬼の面で顔を隠しているのに、どうして分かる」

村役が怒ったが、又七は、間違いねえと言い張った。家に入って来た鬼神の一味に襲われて気を失う前に、攫われまいと抵抗した又七の娘が面を剝《は》ぎ取った顔を、薄れゆく意識の中で見ていたのだ。

「間違いねえ。鬼神の仲間が、陣屋に潜《もぐ》り込んでいるだ」

「お前、そのことをお代官様に教えなかったのか」

「恐ろしくて言えねえよ。お代官様にべったり引っ付いているんだもの」

必死に訴える又七が嘘を言っているようには思えず、村長も村役たちも、困惑した顔をした。

「ど、どうしたらいい」

「どうするもこうするも、どうしようもできね」

村長と村役たちはうろたえるばかりで、なかなか動こうとしなかった。

「まずは、代官を調べるしかあるまい」

伝兵衛が言うと、皆が注目した。

「どうするだ」

村役に訊かれて、伝兵衛は立ち上がった。

「わしが陣屋に忍び込む。誰か案内してくれ」

「待て待て、見つかったらただでは済まんぞ」

村長が止めたが、伝兵衛は聞かなかった。

「わしはよそ者じゃ。とっ捕まっても、この村に迷惑はかからん」

「そうは言ってもな」

「いいから、わしに任せて、あんたたちは、おなごたちを連れて山に隠れろ。もし代官が絡んでいるなら、鬼神に恐れるものはない。今夜にでも襲って来るかもしれんぞ」

「おめえは、お代官様が鬼神の一味だというか」

そんな馬鹿なことがあるもんかと村の衆は言ったが、

「それを調べに行くと言うとるじゃろう」

伝兵衛が皆を制した。

「村を見捨てるような代官じゃ。裏で鬼神と繋がっていても、おかしゅうはない。違うか」

「そ、そうじゃな。爺さん、あんたの言うとおりかもしれん」

村長は、山に逃げることを決心し、村の者を集めるよう、若い衆に命じた。

伝兵衛は、又七の案内で村を出ると、陣屋に向けて夜道を歩んだ。

隣村に入ると、僅かに見える陣屋の灯りを示されたところで又七を村に帰らせ、伝兵衛は灯りも持たずに田圃の畦道《あぜみち》を進んだ。

記憶はなくとも、陣屋に忍び込む術は身体が教えてくれた。

陣屋の塀など軽々と越え、音もなく屋根裏に忍び込んだ伝兵衛は、屋敷が静まりかえっているので無理はせず、その場で朝を待った。

下働きの者が夜明け前に起きだし、仕事をはじめる気配がすると、伝兵衛も動いた。

真っ先に探したのは、代官の部屋だ。表側がどっちにあるかは昨夜のうちに調べていたので、廊下の気配を探り、家来が起こしに来るのを待った。

そして、代官の寝所を突き止めた伝兵衛は、下でした女の声に、目を見張った。

顔は見えぬが、お鶴の声に間違いなかったのだ。

——こんなところに、連れて来られていたのかお鶴がどのような状況下におかれているか、見ずとも分かる。伝兵衛は、太吉とお鶴の心中を想い、きつく目を閉じた。同時に、生きていたことに安堵した伝兵衛は、倉持を追って、屋根裏を移動した。

一人で朝餉《あさげ》を摂っていた倉持のもとに、家来が慌ただしく入って来た。

「お代官」

「なんじゃ」

「表に御用人が来られております」

「何！　この朝早くにか」

「殿の命を受けて、夜通し馬を走らせて来たようです」

倉持は、伝兵衛にも聞こえるほどの舌打ちをした。

「今仕度する。客間で朝餉を食わせておけ」

「はは」

「待て。わしのしていることがばれておるとは思えぬが、念のために、手の者を控《ひか》えさせておけ」

「承知」

伝兵衛はふと、用人とやらの命が危ういと感じて、客間を探して移動した。下からの声と気配ですぐに分かり、太い梁《はり》の上で潜んでいると、程なく、倉持が入って来た。

「これはこれは、多胡《たご》殿、遠路、御苦労さまに存じます」

「久しぶりだな、倉持。いや、こたびは参った。くたくたじゃ」

多胡は、太い眉毛が吊り上がり、頑固そうな顔をしているのだが、五十を目前に急な旅を命じられ、疲れを隠せぬらしい。

失礼して、と言い、足を崩した。

「急なお役目。何か、ございましたのか」

「何かございましたかではない。領地を荒らす山賊どもをおぬしが早う退治せぬから、殿が見て参れとおおせになったのじゃ。いったい、どうなっておる」

「はい、それがしも手を尽くしておりますが、鬼神と言われるだけあり神出鬼没。難儀しております。人を増やすにも資金が足りませぬと、殿にはお願いいたしましたが、そのご返事は、今日頂けるのでしょうな」

「そのような金はない。ゆえに、こうしてわしが来たのじゃ」

いい迷惑だといわんばかりに、多胡は不機嫌だ。

「さようでございますか。御用人が手を貸していただけるのであれば、これに勝ることはございませぬ。まずは湯につかって、旅の疲れを癒してください」

「馬鹿者、そのような暇はない。殿は五日以内に山賊を見つけ出せとおおせなのじゃ。飯を食うたら、すぐ探索に出る。よいな」

「はは、では、仕度をして参ります」

自室に戻った倉持は、側近を招き入れて耳打ちをした。

「よいな、ぬかりなきようにと、あの者どもに伝えよ」

「はは」

側近の者が密《ひそ》かに屋敷を出て馬を馳せて行くのを、伝兵衛は屋根から見ていた。お鶴を助けに戻ろうとした伝兵衛であったが、お鶴は部屋から連れ出され、裏の離れ家に連れて行かれた。江戸から用人が来たので、村から攫って来た女を見られてはまずいということだ。離れには見張りが立ち、伝兵衛にはどうすることもできなかった。

「どうやらここの代官は、とんでもねぇ悪党のようだ」

そう言うと、見つからぬよう気をつけて屋根から下り、頬被《ほおかむ》りをして百姓の真似《まね》をすると、竹藪に入り、陣屋を見張れる場所に潜んだ。

程なく、馬に跨《またが》った用人と代官が陣屋を出て来た。

伝兵衛が潜んでいる場所とは反対に行ったので、あとを追った。手には竹の棒を持

ち、深々と腰を曲げているので、どう見ても村の年寄りだ。農家の前を通った時に老婆が声をかけてきたので、

「ああ、ええ天気じゃの」

などと返答をして通り過ぎると、

「ありゃ、誰じゃ」

訝《いぶか》しむ爺様の声がした。腰が曲がっているのに早足で歩む伝兵衛のことを、不思議そうに見ている。

伝兵衛は他に人の目がないのを確かめると、馬を追って走り出した。

「倉持、やけに山道だが、この先に村はあるのか」

多胡が、木々の新緑が芽吹きはじめた山を見回していると、倉持が馬を止めた。

「ございます」

「いかがした」

多胡が馬を止め、多胡の家来たちが振り向くと、倉持は、不敵な笑みを浮かべた。

「多胡殿、来ておりますぞ、鬼神が」

「何？」

多胡は、背後に異様な気配を感じて振り向いた。すると、坂道の上に一騎の騎馬武

者がいた。

鬼面をつけ、漆黒の鎧《よろい》をまとう姿に、多胡も家来も声を失い、目を見張った。

「多胡殿、怨《うら》むなら、ここへよこした殿を怨みなされ。さらばでござる」

倉持はそう言うと、家来を連れて笑いながら去って行く。

「おい！　待て！」

追おうとした多胡の前に、茂みから湧き出るように鎧武者が現れるや、弓を引いた。

射られた矢が多胡の家来たちの胸や喉を貫いた。

倒れた三人の同輩を見た家来たちが、多胡を守ろうと抜刀して応戦したが、鎧武者たちによって斬り殺された。

「おのれ！」

抜刀した馬上の多胡は、鎧武者たちに突撃してその場から逃げようとしたのだが、槍を持った者に足を貫かれて落馬した。

五人の鎧武者に囲まれた多胡は、これまで、と観念した。

「斬れ！」

「覚悟」

槍を突こうとした鎧武者が、気配に気付いて振り向くや、竹で顔を打たれ、怯《ひる》んだ隙に脇差しを奪われて太腿《ふともも》に突き立てられた。

「ぐわぁ」

悲鳴をあげて倒れる鎧武者から槍を奪った伝兵衛が、多胡を斬ろうとした鎧武者に襲いかかる。

槍で喉を突き、斬りかかる敵の刀をかいくぐって背を打ち、正面にいた敵の喉に穂《ほ》先《さき》を突き付け、怖気づいたところを柄で顔を打ち、気絶させた。

見る間に五人の鎧武者を倒した伝兵衛が坂の上に顔を向けると、鬼面の騎馬武者は、馬を転回させて走り去った。

這って逃げようとする鎧武者の背中を踏みつけた伝兵衛は、顔の横に槍を突き立てると、面を剝ぎ取った。髭面《ひげづら》の男が目をひん剝《む》いて、恐怖に声を失っている。

「い、命ばかりは」

「死にとうなければ、山を下りろ。次にその面を見たら、容赦せんぞ」

伝兵衛は、傷を負った足をわざと踏みつけて、悲鳴をあげる悪党を背に、多胡を助け起こした。

「出血が酷い」

伝兵衛は、倒れている悪党の鎧の紐《ひも》を切り取ると、多胡の足に巻いて止血した。安堵したのか、それとも出血のためか、気を失っている多胡を抱え上げて馬に乗せると、自分も飛び乗り、金山村に帰った。

五

馬を駆る伝兵衛が村に帰ると、村長が家から出てきた。

「どう、どおう」

「爺さん、その馬はどうしただ」

言った村長が、伝兵衛の前で気を失っている多胡に気付き、目を見張った。

「誰じゃ、このお侍は」

伝兵衛は答える前に、皆のことを心配した。

「村長、逃げなかったのか」

「女たちは逃がした」

村長が言うと、男たちが村長の家から出てきた。手には、狩で使う鉄砲や弓を持っている。

「お前たち、何をしている」

「ここはおらたちの村だ。鬼神に好き勝手させてたまるか」

太吉が言い、和助たち若い衆がそうだそうだと声をあげた。

「奴らが来るぞ」

「追い返してやるだ」

村の衆の強い気持ちを知り、伝兵衛はそれ以上止めなかった。

「奴らが来る前にこの人の手当てをする。村長、血止めの薬草はあるか」

「あるとも。それより爺さん、このお侍が誰なのか教えんか」

「領主の家来だ。用人と申しておった」

「なんじゃと」

目を丸くする村長に、和助が訊いた。

「村長、用人とはなんじゃ」

「領主様の次に偉《えれ》え人だ」

「そったただ人が、なんで怪我してるべ。爺さん、何があっただ」

「鬼神の奴らに襲われたのじゃ」

驚く村の衆を横目に伝兵衛が用人を担ぎ降ろしたので、皆が手助けをして多胡を家の中に運び込んだ。

伝兵衛は、多胡の袴を切り開いて傷の具合を診《み》ると、血止めの薬草を受け取り、慣れた手つきで手当てをした。

「へえ、てえしたもんだ」

「記憶が戻っただか、爺さん」

若い衆に言われて、伝兵衛はため息を吐いた。

「こうしたらええと思うて、手が勝手に動くんじゃ。それよりな、やはり代官は鬼神とぐるじゃ。村の女を攫わせて、金儲けをしておるに違いない。このお侍の家来たちは、奴に騙《だま》されて皆殺しにされた」

伝兵衛の言葉に、村の者たちは顔を青ざめさせ、言葉を失っている。

多胡が呻き声をあげて、目を開けた。

「おお、気がついたか」

伝兵衛が言うと、多胡が起き上がろうとしたので、手をかした。

「かたじけない」

「動けるかね」

「なんとか」

「それじゃ、村の者と山へ逃げろ。わしがお前さんを連れて逃げるのを見ておったから、鬼神の一味は、必ずここへ来るぞ」

「そこもとは、どうする」

「わしは陣屋に戻り、一仕事してくる」

「何をするつもりだ。そこもとは、何者なのだ」

「それはわしが訊きたい」

伝兵衛が言うと、

「この爺様は記憶を失っているだよ」

和助が教えた。

「記憶を？」

まじまじと見る多胡に顔をそむけた伝兵衛は、陣屋に戻るために立ち上がった。

「爺さん」

太吉が呼び止め、荷物を差し出した。

「なんじゃ、これは」

「今まで隠していたんだが、あんたが熊に襲われた時、持っていた物だ」

薪のような棒を二本と印籠を渡されたが、伝兵衛は思い出せなかった。印籠の中の白い粒を見ても、それが秘薬であることも思い出せないのだ。

伝兵衛は印籠を腰に下げ、薪を見つめた。

「なんでこんなものを持っていたんだろうな」

ただの薪だと思い、火を焚《た》いている囲炉裏に投げ込もうとしたのを、太吉が止めた。

「見ていろ」

そう言って、薪の両端を持って抜刀して見せられ、伝兵衛は驚いた。

「なんじゃ、この刀は」

ぎらりと鋭い小太刀を見ても、過去をまったく思い出せない伝兵衛は、思いつめた顔を太吉に向けた。

「わしは、何者じゃ」

「それはおらが訊きたいよ。でも爺さん、あんたきっと、ただ者じゃねえ。人買いを襲った時には、すげかったもんな」

すると、多胡が口を挟んだ。

「確かに、それがしを助けてくだされた時に見せたあの動き、ただ者ではござらぬぞ。ひょっとして貴公、公儀の者ではないのか」

「公儀？」

「鬼神のことを調べに村に入られた。そうではないのか」

伝兵衛は、頭を抱えた。思い出そうとして、頭痛に襲われたのだ。

「無理をせぬほうがよい。できれば、ここで見たことも忘れてくだされ」

多胡は、伝兵衛が公儀隠密《おんみつ》ではないかと疑い、思い出すのを恐れた。公儀隠密なら、領民を苦しめる代官のことが公儀に知れることになり、あるじ岩田淡路守の立場が悪くなると思ったのだ。

「御用人様、安心してくだされ。この爺さんは、公儀のお方ではないですぞ」

「そちは、このお方の正体を知っておるのか」

多胡が訊くと、村長は手箱から紙を出してきて、広げて見せた。そこには、伝兵衛の顔が描かれていた。

「これは、手配書ではないか」

多胡が目を丸くした。

「先日、代官に呼びつけられて、これを渡されたのです。箱根の関所を破ろうとしてしくじった者がいるので、村に来たらすぐに報せよと言われました」

「知っていて、報せなかったのか」

「このとおり記憶がない者を突き出すのは酷《こく》だと思いましてな。しかし、今となってみれば、黙っていて良かった。爺さんに救われましたからな」

「それはわしも同じじゃ」

多胡が頷き、村長の手から手配書を奪うと、懐にねじ込んだ。

「貴公、陣屋に戻って何をする気じゃ」

多胡に訊かれたが、伝兵衛は理由を答えなかった。言えば、太吉が付いて来ると言い張ると思ったからだ。

「日暮れまでには戻る。太吉どん、みんな、命が大事じゃ。村を捨てて山に逃げてくれよ」

そう言って村長の家を出た伝兵衛は、馬を馳せて陣屋に向かった。


「多胡が逃げただと」

「邪魔が入ったようです。人買いどもを襲った者だと思われます」

「金山村の奴らか」倉持は拳を握りしめた。「おのれ、邪魔だてをしおって」

「いかがいたしますか」

「多胡を生かして江戸へ帰したらしまいじゃ。村の者もろとも、始末してくれる。謙蔵に伝えよ」

「はは」

「わしも出る。仕度せい」

「お代官様、捕らえている村の女はいかがしますか」

「かまわぬ、殺せ」

「はは」

倉持の部屋を出た家来が裏の土蔵に行き、入り口で抜刀して中に入ろうとした時、背後に伝兵衛が跳び下りた。

「やっ」

目を見張り、刀を振り上げた家来のみぞおちを打って気絶させると、蔵の中に引きずり込んだ。

薄暗い灯りの中、隅でうずくまるお鶴の側に寄り、伝兵衛が声をかけた。

はっとして顔を上げたお鶴が、伝兵衛だと気付き、目に涙を浮かべて抱きついてきた。

「もう安心じゃ。さ、村に帰るぞ」

「みんなが攫われちまった」

「安心せい。皆無事じゃ。今は、お前さんも知っている場所に隠れておる」

「ほんとう」

「ああ、あとはお鶴さん、あんただけじゃ」

伝兵衛はお鶴を抱きかかえて立たせると、土蔵から出て鍵をかけた。

裏木戸から逃げるために向かっていると、屋敷から出てきた下男が驚き、声をあげようとしたのだが、伝兵衛が睨みつけると、下男は黙った。抱えられたお鶴が金山村の者だと知っているのか、下男は先に裏木戸から出ると、辺りを見回し、手招きをした。

「誰もいねぇだよ」

「済まない」

「おらはこの村の者だ。誰にも言わねぇから、早く逃げろ」

代官の悪事を知っているのか、下男は、お鶴を助けるために手を貸してくれたのだ。

これを持って行けと、槍を渡された伝兵衛は、お鶴を連れて陣屋から離れると、馬を繋いでいる林に駆け込んだ。

地響きがしたので茂みに身を伏せてお鶴を抱きかかえて隠れていると、すぐ下の道を数十騎の騎馬武者が駆け去った。

「奴め」

集団の先頭に倉持の姿を見つけた伝兵衛は、金山村を襲いに行くに違いないと思い、唇を噛みしめた。

——逃げていてくれよ、太吉どん

伝兵衛は念じながらお鶴を抱き起こすと、馬のところに急いだ。

六

「奴らの好きにさせてたまるか」

「うんだ。おらたちの手で、守ってみせるだ」

「おっかあの仇を取る！」

太吉、小六、和助の順に気合を入れて言い、囲炉裏の薪を取ると、鉄砲の縄に火をつけて外に出た。

村には、鉄砲撃ちが五人、弓使いが二十数名いる。

前回鬼神が現れたのが村の北の方角だったので、村の男たちは、北側の道沿いに建つ家が見渡せる場所に潜み、待ち伏せした。

「鬼神は三十人程度。こっちも同じほどで、飛び道具を持っている。必ず勝てる」

太吉が、熊を狙うつもりで撃てと言い、村の者たちは、狩をする時のように息を殺した。

まんじりともしない時間が過ぎ、太吉の構える鉄砲の上を、てんとう虫が歩いている。

「爺様、大丈夫だろか」

和助が案じて言うと、てんとう虫が羽を広げて飛んで行った。山道の奥から地響きがしはじめたのは、その時だった。

「来た。来たぞ」

地響きは次第に大きくなり、道の奥から、漆黒の鎧をまとった騎馬武者の集団が突撃して来た。

鬼面をつけた騎馬武者たちは、道のほとりの家を囲むと、下馬した者が戸を蹴破って中に入り、すぐに出てきて何かを告げている。

「誰もいないだと」

配下の者から教えられた謙蔵は、警戒《けいかい》する目を辺りに向けた。

「その二人、村の様子を探って来い」

命じるや、二人の手下が馬を走らせた。

その二人のうちの一人に狙いをつけた太吉が、鉄砲を放った。

轟音が山に響き、胸を撃ち抜かれた騎馬武者がのけ反《ぞ》るようにして落馬すると、それを合図に、村の者たちが一斉に矢を放った。

謙蔵は太刀を振るって矢を弾き飛ばしたが、代官の家来数名が倒されるのを見るや、

「罠《わな》だ！　引け！」

馬を転じて引き返し、山道に駆け込んだ。

「やった。勝ったぞ」

だが、大喜びした村の男が立ち上がった刹那、放たれた鉄砲の弾が胸を貫いた。

「おい、しっかりせい」

和助が、倒れた男を助け起こしたが、既にこと切れていた。

「かかれ！」

続いて山から怒号のような声がすると、騎馬武者たちが突撃してきた。一旦引き返

し、態勢を整えただけだったのだ。

太吉たちは鉄砲を撃ち、数名を倒したが、弓使いたちが放った矢はことごとく弾かれ、次を番《つが》える間に突破を許した。

こうなれば、村の男たちに勝ち目はない。

馬上から槍で突かれる者、鉄砲で撃たれた者が次々と倒れ、またたく間に総崩れとなった。

太吉は、急いで弾を詰めようとしたのだが、焦るあまり落としてしまい、その間に、鬼神の手下が突っ込んできた。振るわれる太刀の刃を鉄砲で受けるや、弾き飛ばされた。

「殺せ！　皆殺しだ！」

代官の倉持が命じると、鬼神の手下が馬を転じ、太吉に迫った。

太刀を振り上げ、太吉の首を斬り飛ばそうとしたが、その瞬間、空《くう》を切って飛んできた槍が、手下の鎧を貫き、背中に深々と刺さった。

落馬した手下の背後から、馬を馳せた伝兵衛が来た。

お鶴を途中で降ろしている伝兵衛は、片手で手綱を操り、勇ましい顔つきで迫ってくる。

馬上から槍を抜くと、頭の上で大きく振って次の敵に襲いかかり、肩を打って馬から落とした。馬から飛び降りた伝兵衛は、向かってくる敵を槍一本で次々と倒し、その姿は、村の若い衆に勇気を与えた。

「爺さんに負けるな！」

太吉が叫び、鉄砲に飛び付いて弾を詰めると、自分に迫る騎馬武者に狙いを定めて撃った。肩を撃たれて落馬するのを見届けるや、弾を詰めて次の敵を狙う。

馬上で鉄砲を構えて伝兵衛を狙っている者に気付いて筒先を向け、引金を引いた。腕を撃ち抜かれた敵がはずみで鉄砲を撃ったが、筒先は空に向けられていた。

鉄砲に狙われていたことに気付いた伝兵衛は、太吉に頷いて礼をすると、村の高台にいる倉持と謙蔵に顔を向ける。

「や、奴は、化《ば》け物《もの》か」

倉持が、一人で半数以上の手下を倒した伝兵衛を恐れた。

戦況を見守っていた謙蔵は、鬼面を外して投げ捨てると、馬から降り、鎧を全て脱《ぬ》ぎ捨てた。身軽にしなければ、伝兵衛に勝てぬと思ってのことだ。

伝兵衛の前に行くと、

「じじい、一対一で勝負じゃ！」

大音声で言い、太刀を引き抜いた。

槍を構える伝兵衛に対し、謙蔵は正眼の構えをとった。

伝兵衛は、槍を真っ直ぐ相手に向け、

「えい、えい」

二度突き出した。

謙蔵が太刀で払い、前に出ようとしたところへ、伝兵衛は槍で足を払いに行く。

謙蔵が跳びすさるのを追い、

「えい」

喉元を狙って突き出したが、謙蔵が太刀を素早く打ち下ろし、槍を切り飛ばした。

槍を失った伝兵衛が逃げる間もなく、謙蔵は、伝兵衛の喉を突いてきた。

「やった!」

高みの見物をしていた倉持が、馬を走らせて謙蔵のところに近づくと、立ったまま抱き合うようにしていた二人のうち、謙蔵の方が呻き声をあげた。

伝兵衛の両手に小太刀が握られ、左手の小太刀は刃を受け流し、右手の小太刀は、謙蔵の胸を貫いていた。

「き、貴様——」

目を見開いた謙蔵が、立ったまま絶命した。

それを見て驚いた倉持が、慌てて馬を止めようとしたので、馬が嘶いて前足を上げた。

振り落とされた倉持は、小太刀を握り、鋭い目をして見下ろす伝兵衛におののいた。

「まま、待て、待ってくれ」

足をばたつかせ、後ずさりして逃げようとした倉持の頭を、和助が棍棒《こんぼう》で打った。

白目をむいて気絶した倉持を見下ろし、

「おっかあの仇だ。思い知ったか」

和助が言い、顔に唾を吐きかけた。

村の者たちに打ちのめされた鬼神と代官の一味は、縄をかけられてうな垂《だ》れている。

長い息を吐いた伝兵衛は、両手の小太刀を見下ろした。

「爺さん、何か思い出したか」

太吉に訊かれて、伝兵衛は顔を上げた。

「いや――」

「そうだか。まあ、いつか思い出すさ、なあ」

肩を叩いた太吉に笑みで頷いた伝兵衛が、手を握り、

「お鶴さんを、連れ戻してきたぞ」

そう言って、背中を押してやった。

茂みに隠れていたお鶴が出てきて、村を見回しているのに気付いた太吉が、

「お鶴！」

大声をあげて、迎えに走った。

「お前さま」

「お鶴」

抱き合う夫婦に目を細めた伝兵衛は、気絶している悪代官を起こすと、用人に引き渡すために縄をかけた。


鬼神の一味を使って村を襲わせ、悪の限りを尽くしていた倉持は、多胡に連れられて江戸に帰ったその日に、あるじ岩田淡路守の命で打ち首に処された。伝兵衛が村を救って、五日後のことである。

「して、多胡、その老人は何者なのだ」

領地の民を救った老人がいると知った岩田が、多胡を呼んで訊いた。

「村の者は爺さんと呼んでいましたが、さほど年をとってはおりませぬ。おそらく、殿ほどの年齢ではないかと」

「わしは五十五じゃ。じじいではないわい」

「はい」

ちらりとあるじを見た多胡が、伝兵衛が記憶を失っていることを言い、懐から手配書を出すと、箱根の関所を破ろうとして失敗したことを教えた。

手配書を見た岩田が、

「こ、この者は――」

絶句するあるじに、多胡が驚いた。

「殿、御存知ですか。まさか、公儀の隠密ですか」

仕込み小太刀の二刀流を遣うと教えると、岩田が、驚いた顔を上げた。

「間違いない。この男は、里見《さとみ》影周《かげちか》じゃ」

「何者でござる」

「凄腕の御庭番じゃ。西ノ丸の爆発事件を起こしたのは、この男じゃ」

「なっ!」

伝兵衛の正体を知り、多胡は絶句した。

そう、伝兵衛の名は、里見影周。凄腕の御庭番だったが、徳川家重《とくがわいえしげ》の寵愛《ちようあい》を危険視した吉宗《よしむね》に嫌われ、隠退。伝兵衛と名前を変え、旅籠《はたご》で風呂炊きをしていたが、

「龍の眼」を使った秘薬で家重の病を治すため、江戸城へと侵入した男なのだ。

「生きておったか」岩田は嬉しそうな顔をした。「わしはこれから城へ行く。仕度じゃ」

「どなたにお会いになられます」

「大御所様じゃ」

「お、大御所様!」

「急げ!」

岩田は、大急ぎで城に上がると、大御所の徳川吉宗に、伝兵衛が生きていることを報せた。

「なに、影周めが生きておるじゃと」

「はは」

病床で岩田の報告を聞いた吉宗は、手配書を見下ろした。

「影周め、生きておったか」

さすがだと言い、嬉しそうに笑みを浮かべた。

病床に臥《ふ》している吉宗は、伝兵衛を死なせたことを悔いていた。龍眼の秘薬を失ったからではなく、己の死を覚《さと》った今、大岡出雲守忠光《おおおかいずものかみただみつ》のみを家重の側に置くことを、危ういと思いはじめていたのだ。

今年になり、御側御用取次見習いから御側御用取次に出世したこともあり、近頃の大岡出雲守は、己一人が家重の難解な言葉を理解できることをいいことに、幕政を担う老中たちに対して、高圧的な態度を見せることがある。

老中たちが不服を申し立てても、家重は大岡の肩を持つ。

このままでは、近い将来、大岡が権力を握るであろう。

だがその前に、不服を募らせる老中たちとの間に必ず争いが生じるのではないか。

そうなれば、家重の幕政に暗雲が垂れ込めることになりかねない。

寵愛する孫の家治《いえはる》が成長した時、幕府の体制が揺らいでいるようなことがあってはならぬ。

病の床で、吉宗はそればかりを案じているのだ。

「宝山《ほうざん》」

吉宗が名を呼ぶと、側についていた若僧《にゃくそう》が頭を下げた。きりりとした良い顔つきで、澄んだ眼をしている。

「はは」

「影周が家重の側におれば、大岡の暴走を防いでくれよう」

「おおせのとおりと存じまする」

「ただちに、金山村に手の者を遣わせ。影周を連れ戻すのだ」

「ははあ」

宝山は頭を下げ、寝所から立ち去った。

側衆の助けで横になった吉宗は、

「必ず戻れよ、影周」

うわ言のように言うと、安堵の息を吐いて眠りに就いた。

ところが、宝山の手の者が金山村に行った時には、伝兵衛の姿はなかった。

「ああ、爺さんなら、何日か前にいなくなっただよ」

怪しげな旅人にそう答えたのは、太吉だ。嘘ではなく、伝兵衛は本当にいなくなっていた。手配書が出ていることを知った伝兵衛は、このまま村にいたのでは、迷惑がかかると思い、こっそり旅立っていたのだ。

一足遅かったかと、宝山の手の者は悔しがった。手がかりを得ることもできず、江戸に帰ったのである。

その頃、伝兵衛は、己が誰であるかも分からないまま、安住の地を求めて道なき道を歩んでいた。

決して悲観しない伝兵衛は、崖から新緑が美しい山を見下ろすと、吹き上げる風に乗って空を舞う鷹を目で追い、楽しげな顔をした。

「こうなったら、風に案内してもらうかの」

第二話　焦《こ》げた味噌《みそ》

一

「おい爺さん、爺さん」

裏に出てきた番頭に呼ばれたが、伝兵衛は知らぬ顔で丸太に腰かけて、暮れゆく空をぼうっと見ている。金色に染まる空を見ていると、なんだか寂《さび》しくなるのはなぜか。箱根の関所を破ってまで、自分は何処へ行こうとしていたのか。ふと、そんなことを考える。

「おい、お前だお前、聞こえてるんだろう」

流れる雲から目筋を下ろした伝兵衛が、自分のことだと気付いて、

「わしですか？」

とぼけた声を出すと、番頭がため息を吐いた。

「他に誰がいるんだよ。このうすらぼけ」

きつく言われて、伝兵衛は番頭のもとへ歩み寄った。

背を丸めている姿は、生きることにくたびれた老爺《ろうや》に見えるのだろう。番頭は、なんでこんなじじいを雇《やと》ったんだ、という態度で、また、ため息を吐く。

「気付きませんで、失礼しました」

頭を下げる伝兵衛を見おろし、番頭は腕組みをして考える。

「それもそうだな。呼び名が爺さんじゃあ、世の中の年寄り全部だ。しつこいようだが、お前さん、本当に名前を憶えていないのかい」

「へい」

「だからといって、名前がないのはこっちも不便だ。わたしが名前をつけてやろう」

自分より随分若いが番頭は番頭。伝兵衛は、素直《すなお》に頼むことにした。

「いい名前、つけておくんなさいよ」

「そうだな」考えた番頭が、名前を思いついたらしく、手を打った。「下女中《しもじょちゅう》奉公しているお島《しま》が、あんたのことを何て呼んでるか知っているかい」

「さあ」

「豆爺《まめじい》だと」

伝兵衛は、驚いて二度見した。

「ま、まめじい？」

「小さくてかわいいんだと。どうだい。十七の娘に言われて、悪い気はしないだろう」

近頃の若いもんは年寄りを軽んじる。困ったものだと言いつつ、番頭は愉快《ゆかい》そうに笑い、伝兵衛の困った顔を見て楽しんでいる。

「豆爺でいいか」

「い、いいや、豆爺はちょっと」

「いやか」

「へい、できれば別の名が……」

伝兵衛が首を前に出して苦笑いで頼むと、番頭が再び頭をひねる。

「しょうがない、だったら、豆吉《まめきち》、ってのはどうだい」

「はあ」

伝兵衛は、良くも悪くもないと思ったが、豆爺よりはましである。

「それで、お願いします」

手を膝《ひざ》について頭を下げると、番頭が機嫌《きげん》よく頷く。

「よし、それじゃ今から、爺さんは豆吉だ」

さっそく旦那様と店の者に伝えると言い、家の中に引っ込んだ。

「やれやれ」

妙な名だと思いつつ、伝兵衛は裏庭の掃除《そうじ》に戻った。

金山村から姿を消し、安住の地を求めて流れ着いたのは、遠江国《とおとうみのくに》掛川藩《かけがわはん》の城下町。伝兵衛が転がり込んでいるのは、城の表門に近い町で店を構える、味噌《みそ》問屋の大黒屋《だいこくや》善助《ぜんすけ》のところだ。伝兵衛はここで、二日前から下働きをしている。店の規模は、番頭と手代一人に、下女一人を雇う小さいものだが、城下では名の知れた老舗《しにせ》。そんな店に雇ってもらえたのは、城下で泊まった旅籠《はたご》の女将《おかみ》のお陰だ。旅籠の仲居に引き込まれて泊まった晩に、肩こりに苦しんでいた女将の身体をほぐしてやったのが縁で、二食と寝床《ねどこ》を得られる仕事はないかと聞いたところ、この大黒屋に連れてきてくれたのだ。

大黒屋は、下働きの男手が欲しかったらしく、得意先の女将の紹介だということもあって、二つ返事で伝兵衛を雇ってくれた。

若い男なら警戒もするだろうが、記憶を失っている伝兵衛を哀《あわ》れに思ったのか、あるじの善助は、

「お前さえよければ、ずっといていいんだよ」

仏のような言葉をかけて、気遣ってくれる。

伝兵衛は、あるじの気持ちに応えようと、よく働いた。薪割はお手のものだが、何より喜ばれたのは、風呂の仕度をした時だった。記憶が戻ったわけではないのだが、

山を歩いている時に何気なく摘《つ》み取っていた薬草を干したものを湯に入れたところ、疲れがいっぺんに取れたと、あるじが大喜びしたのだ。

庭掃除をしていた伝兵衛のところにやってきた善助が、

「豆吉に決まったそうだね」

にこやかに言い、今夜も薬草の湯を沸《わ》かしてくれと頼む。

伝兵衛はへい、と応じたのだが、奥の部屋から内儀《おかみ》のお梅《うめ》が出てくると、

「薬草なんか入れないでおくれ、臭いが嫌いだから」

あるじに遠慮なく拒《こば》んだ。

「なにを言うんだい。身体が楽になるだろう」

「あなたは黙ってなさい。いいわね豆吉、入れてはいけませんよ」

伝兵衛はあるじを見た。彼は不服そうにしているものの、女房に逆らうつもりはない。

そう察した伝兵衛は、お梅にへいと応じて頭を下げ、仕事に戻った。

湯を沸かす前に縁側の下の草を抜いていたのだが、お梅は伝兵衛に気を遣うことなく、善助に声をかけた。

「そんなことよりあなた、清吉《せいきち》をどうにかしてくださいな」

「またいないのか」

「昼から出たきりですよ。友達のところに行くと言っていましたが、こう毎日だと心配です。悪い女に引っかかっているんじゃないですか」

「あいつはもう二十歳だ。女遊びもするさ、放っておきなさい」

「誰かさんの息子だから、心配なんですよ」

「またそれか。昔のことをいつまでもいつまでも――」

「あなたのようになってほしくないから言っているのです」

女房にぴしゃりと言われて善助が声を失うのは、若い頃の女遊びのせいで、身代《しんだい》を潰しかけたことがあるとか。それをお梅が細腕で盛り返したお陰で今日の大黒屋があり、善助は、まったくもって頭が上がらないのだ。

この話を旅籠の女将から聞いていた伝兵衛は、思わず吹き出してしまった。すると、地獄耳のお梅がきっと目を向けた。

「何がおかしいの、豆吉」

「あいや、なんでも。風呂の仕度にかかりますので、少々お待ちを」

伝兵衛は背を丸めて退散すると、かまどに火を入れた。

大鍋に湯を沸かしていると、なんだか懐かしい気持ちになる。大鍋から湯気《ゆげ》があがる景色を、何処かで見たような気がして記憶を辿ろうとしたのだが、頭が痛くなり、目まいがした。

伝兵衛は頭を叩いて振ると、火に薪を入れた。

日が暮れて、仕事を終えた善助が風呂に入り、素湯《さゆ》なのが面白くないのか、すぐに上がってしまった。

その入れ替わりに、お梅が入って来る。

伝兵衛は、男の自分に気を遣うといけないと思い、焚口《たきぐち》から去ろうとしたのだが、名を呼ばれた。

「豆吉」

「へい」

「湯を少し入れてちょうだい」

「へえ？」

「ぬるいと言っているの。早くしてちょうだい」

「へい、ただいま」

伝兵衛は、桶《おけ》を取って大鍋から湯をすくうと、声をかけて木戸を開けた。お梅は背を向けるでもなく、手ぬぐいで胸を隠して、檜風呂《ひのき》につかっている。肩や胸まわりのむっちりとした身体つきは、色香を漂《ただよ》わせている。伝兵衛は目のやり場に困った。品《しな》川《がわ》にいた頃は、若い女郎の裸体を毎日拝《おが》み、つきたての餅《もち》のような身体を揉んでもなんとも思わなかった伝兵衛であるが、記憶を失ったせいか、はたまたお梅の色香のせいか、胸の鼓動が高まり、顔が熱くなる。

「ゆ、湯を入れます」

言って桶の湯を移すと、お梅が湯船をかき混ぜた。手ぬぐいがはだけ、形のいい乳房が目に入った伝兵衛は、慌てて目をそらすと、背を返した。お梅は、何も気にしていない様子で、いい湯だと言っている。年をとった伝兵衛を、男として見ていないのだろう。湯を入れた礼を言われて、伝兵衛は背を向けたままへい、と答えて、外に出た。

お梅が風呂から上がったので、伝兵衛は焚口から薪を出して、火の始末にかかった。

裏木戸に何かが当たる音がしたので振り向いて見ると、戸を開けて潜ってきた者がよろよろと庭を歩み、伝兵衛の前で倒れた。

寸《すん》での所で受け止めて見ると、清吉だった。

「坊っちゃん、どうしたんで」言った伝兵衛は、酒の臭いに顔をゆがめた。「また随《ずい》分呑《ぶん》んでいらっしゃいますね」

「うるへぇ」

白い目を向けて言う清吉の顔は、青痣《あおあざ》が浮いている。

「や、喧嘩《けんか》をしたのですか」

「こんなのは、かすり傷よ」

平手で自分の顔を叩き、下唇を伸ばして強がって見せる。顔半分が腫《は》れあがっているというのに、酔っているせいで痛みを感じていないようだ。

「いけません。すぐ横にならないと」

「いいから、酒持ってこい」

ぐだぐだと言う清吉に肩を貸して立たせようとすると、腕にしがみつき、目に涙を浮かべているではないか。

よほどのことがあったのかと思い、

「坊っちゃん――」

気遣うと、清吉は、悔しいと言って泣いた。

「何があったのです」

「わたしは、駄目な男だ。駄目な男なんだよ」

訊いてもこればかりを繰り返し、殴られた理由を話そうとしない。怪我の手当てが先だと思った伝兵衛は、清吉を落ち着かせると、部屋に連れて行こうとしたのだが、彼は動こうとしなかった。

「こんなざまを親に見られたら、勘当《かんどう》だ。爺さん、なんとかしてくれ。な、頼む」

懇願《こんがん》されて、伝兵衛は仕方なく、自分の寝床に連れて行った。布団を敷いて横にさせると、行灯《あんどん》に火を入れて近づけ、顔の具合を診た。左目の上が大きく腫れていて、口からは血がにじんでいる。

伝兵衛は、水で冷やすことしか思いつかず、布を水で濡らして顔に当てた。

清吉は、酔いつぶれて眠っている。伝兵衛は、朝まで傷を冷やしていたのだが、隠せるような傷ではなかったので、あるじ夫婦が起きるのを待って、報せた。

伝兵衛の部屋に来た善助とお梅が、息子を叩き起こすと正座させ、問い詰めた。

「清吉、何処で誰と喧嘩したんだ」

善助が訊いても、黙って下を向いている。

「まさか、盛《さか》り場で変な相手と喧嘩したんじゃないでしょうね。父さまみたいなことになりゃしないだろうね」

お梅が引き合いに出したので、善助が顔をしかめた。

「おい、今それを言わなくてもいいだろう」

「大事なことです。清吉、相手は誰なのです。女が絡んでいるのですか」

「……」

「答えなさい、清吉」

袖を引っ張る母に、清吉がぼそりと言った。

「なんです、はっきりお言《い》いっ」

「憶えていません！」

開き直る清吉にお梅が唖然《あぜん》として、額に手を当てた。

「酔っていて憶えていない……。父さまとおんなじ！」

情けない、そんなふうに育てた覚えはないと声を荒らげたお梅が、善助を睨むと、部屋から出て行った。

一つ咳《せき》をした善助が、清吉に膝を向けて言う。

「女遊びをするなとは言わん。しかしな、人のものには手を出すなよ。痛い目に遭うのが関の山だ」

聞いているのか無視しているのか、清吉は黙って俯《うつむ》いている。そんな息子の肩を軽く叩いた善助が、怪我を早く治せと言って、お梅を追って出た。

「坊っちゃん、腹が減ったでしょう。朝餉をもらってきます」

伝兵衛が言うと、

「わたしは、どうしたらいいんだ」

清吉が、思いつめたように言う。

尋常でない様子に、伝兵衛は座りなおした。

「いったい、何があったのです。このじじいでよければ、聞きますよ」

「好きな人が男に騙されているというのに、わたしはなんにもできないで、このありさまだ」

顔を伝兵衛に上げた清吉は、辛そうな顔で、これまでのことを話しはじめた。

二

清吉がその娘と再会したのは、偶然だった。一月前のことだ。初めは、幽霊でも見たのかと勘違いして驚いたが、
――本物だ。おとせちゃんは、生きていたんだ
引き寄せられるように、あとを追ったのである。

掛川藩は昨年、急ぎ働きをする盗賊一味による横行《おうこう》を止められなかったことを理由に、藩主が懲罰改易《ちょうばつかいえき》をさせられる騒動があった。藩主が代わり、盗賊一味も成敗されたのだが、被害に遭った商家の傷は、未だ癒えていない。

清吉が再会したおとせも、被害者の一人だ。

おとせは、盗賊一味に襲われた米問屋、井川屋武兵衛《いかわやぶへえ》の一人娘で、家も近かったこともあり、清吉とは幼馴染《おさななじみ》。おとせはどう思っていたかは分からないが、清吉は密かに、想いを寄せていた。

米問屋の井川屋は、清吉の家より大店《おおだな》だったのだが、そこに目を付けられて、盗賊一味に襲われた。二年前のことだ。急ぎ働きの手口は凄惨《せいさん》なもので、店の者はことごとく斬り殺され、両親も目の前で殺され、生き残ったのはおとせただ一人。そのおとせは、事件のあと親戚《しんせき》に引き取られていたのだが、心を病んでいたらしく、家の者の目を盗んで姿を消して以来、行き方知れずになっていた。

あんな目に遭ったのだから生きちゃいないだろう、という噂が広まり、辛かったが、清吉もそう思って諦めていた。町で見かけたのは、今は空き地になっている井川屋の前だっただけに、成仏《じょうぶつ》できずに迷い出たのだと、本気で思ったのだ。

生きていると分かったが、あんなことがあっただけに声をかける勇気がなく、あとを付いて行くことしかできなかった。そして、客に酒を出す店で働いていることを知った清吉は、おとせが必死に生きようとしていることに安堵し、店に入った。

おとせが働く店は「しのぶ」という名で、井川屋があった町から一里離れた所にあり、まさか清吉が来るなどとは思ってもみなかったのか、おとせは顔を見るなり、酒を載せていた盆《の》を落とすほど驚いたものだ。

客に叱《しか》られて慌てるおとせを助けてやろうと手を伸ばした時に触れた指は、ざらりと荒れていた。それを覚られまいと引っ込めた時のおとせの顔が悲しそうで、清吉は、ずっと心に秘めていたことを言わずにはいられなかった。

手を引っ張って外に連れ出し、一緒になってくれと言おうとしたのだが、連れ出したものの、出てくる言葉は、元気で良かった、の一言だけ。

おとせは微笑《ほほえ》んで頷いたが、客に接するような態度で中に引き入れて床几《しょうぎ》に座らせると、黙って酒を出した。

それっきり何も言えなくなった清吉は、酒を呑んで帰ったのだが、次の日になるとまた会いたくなり、気付けば、店に通うようになっていたのだ。

店に通いはじめて十日が過ぎた頃、清吉は、おとせになれなれしく接する男の存在に気付いた。辰五郎《たつごろう》という男は身形《みなり》も清潔で、店の手代か、自分で商《あきな》いをしているような風貌《ふうぼう》。寡黙《かもく》で笑みが少ないのだが、それでいておとせには優しく接していて、おとせもまんざらでもない様子だった。

どうみても、二人は恋仲。

そのようにしか見えなかった清吉は、おとせが幸せならそれに越したことはない、と、自分に言い聞かせて諦めようとした。

そう決めたらなんだか気が楽になり、おとせと話せるようになったのだから、皮肉なものだ。初めは、他の客と同じようにたあいない会話をしていたのだが、そのうちにおとせも気を許し、

「あたしね、親とお店の人たちの法要をするために働いているのよ」

明るい口調で言ったが、目は潤《うる》んでいた。

殺された者たちが成仏できていないと思っているおとせは、店に来る前に空地に立ち寄り、いつか必ず法要をするからと、念仏を唱《とな》えていたのだ。

寝る間も惜《お》しんで働き、僅か二年で五両も貯めていることを知った清吉は、親から遊ぶ金を出させることしか考えていなかった己が恥ずかしくなった。同時に、おとせには辰五郎という男がいるのだから、心に想いを秘めた者が店に来てはいけないと気付き、今日が最後だと自分に言い聞かせると、酒を浴びるように呑んだ。いつの間に

か眠ってしまい、店の親爺《おやじ》に起こされて外に出た清吉は、店の横で、辰五郎がおとせから金を受け取るところを見てしまった。
——いずれは夫婦になるのだから
その時はそう思い、さして気にせず帰ったのだが、金を渡すおとせの顔が、頭からどうしても離れない。
——まさか、騙されているんじゃ
そう思いはじめると、悪いことばかりが頭に浮かぶ。
いてもたってもいられなくなった清吉は、すぐ引き返すと、おとせの店の前で辰五郎が出てくるのを待って、あとをつけた。
その晩は何も分からなかったが、清吉は胸騒ぎがおさまらず、次の日も、その次の日も、密《ひそ》かに辰五郎に付きまとった。
調べて分かったことは、辰五郎が手代でも職人でもなく、博打《ばくち》打ちだということと、おとせの他にも女がいて、それら全てから、金を受け取っているということ。つまり、女を騙して遊び歩く、ろくでなしの男だということだ。
——よくもおとせちゃんを
好いた女を助けるために、清吉は、辰五郎が賭場から出てくるのを待ち伏せした。

出てきたところを捕まえて、騙し取った金を返せと迫ったのだが——

「それで、返り討ちにされたのですか」

話を聞いた伝兵衛は、がっくりとうな垂れる清吉の背中をさすった。

「よかったじゃないですか、ろくでもない男で」

そう言うと、

「ええ？」

清吉が不思議そうな顔を上げるので、伝兵衛はにやける。

「そんな男と、しっかり者のお嬢さんが一緒になるはずはないでしょ」

背中を押すと、清吉の顔がぱぁっと明るくなった。

「そうか、そういうことか」

「そうです。顔を腫らしてしょげている場合じゃないですよ」

「うん。分かった。今夜にでも行くよ」

「その顔でですか」

伝兵衛に言われて、清吉が顔を押さえ、痛いと身を震わせた。

「二、三日すれば腫れが引きますから、それからになさい」

「そんなに待てないよ」

「まあまあ、落ち着いて。こういうことは、焦りは禁物。顔も大事です。そんなに腫れていちゃ、嫌われますよ」

「分かった。知り合いの医者に、腫れに効《き》く薬を出してもらおう」

「それがよろしいでしょう」

身体も痛むのか、清吉は、足や腰をかばいながらそろりと立ち上がる。

伝兵衛は肩を貸してやり、清吉の言うまま町中を歩み、医者に連れて行った。幼い頃から世話になっているという医者は、清吉の身体を診て、手足の骨は折れておらぬようだ。顔の腫れは、冷やせばいい。

こんなことで医者にくるなといわんばかりの態度で清吉に接すると、金はいらんから帰れと言う。冷たいようだが、武家も町民も隔《へだ》てなく診る医者のもとには、重い病の者がきている。その者たちの姿を見て気の毒に思った清吉は、逃げるように帰った。

あとを追おうとした伝兵衛を医者が呼び止め、

「これを持って行け。飲めば痛みが和らぐ」

無愛想《ぶあいそう》に言うと、紙袋を投げ渡した。

礼をして外に出た伝兵衛は、屋根を見上げた。古い家は手入れがされておらず、茅《かや》葺《ぶき》には草が生え、壁の土は所々剝げ落ちている。

「竹庵《ちくあん》先生はあの調子だから、父さまたち町の商人が金を寄付しても、全部薬代に使ってしまうのだよ」

外で待っていた清吉が、歩み寄りながら言う。

伝兵衛は、なるほど、と頷く。

「家より、病を治したいのでしょう」

「ああ、まったく欲のないお人でね。貧しい者からは金を取らない。町の皆は、生き仏だと言っているよ」

「その生き仏から、これをいただきましたよ、坊っちゃん」

伝兵衛が袋を開けて見せると、薬ではなく、黒い砂糖菓子が入っていた。それを覗き込んだ清吉が、ふっと笑みを浮かべる。

「かりんとうだ」

「なんです、食い物ですか」

「菓子だよ」

竹庵手作りの菓子は、清吉が幼い頃、怪我をした時や、ぐずって泣いてばかりいると、薬だと言ってくれたらしい。

「いつまで子供扱いする気だ」

清吉はそう言って、かりんとうをかじり、旨《うま》いと言って笑みを浮かべる。

伝兵衛が、そんな清吉に目を細めた時、ふと、少年の顔が頭に浮かんだ。

笑顔で何か言っているのだが、品川の旅籠、壽《ことぶき》屋の跡取り息子の喜之助《きのすけ》であることを、伝兵衛は思い出せない。

眉間を押さえている伝兵衛を気遣う清吉が、かりんとうが入った袋を差し出す。

一つ摘《つま》んだ伝兵衛は、甘くて香ばしい味に目を丸めた。

「これは、初めて食べます。旨いですね」

「全部やるよ」

言った清吉が、足の痛みに顔をしかめた。

「さ、帰って横になりましょう」

伝兵衛が肩を貸し、通りをゆっくり歩む。

家に帰り、裏口から清吉を部屋に連れて行って横にさせた伝兵衛は、下働きに戻った。

庭の掃除をしていると、お梅が廊下に現れ、医者に行ったのかと訊く。口では厳しくしていても、腹を痛めた大事な子。心配でたまらないのだ。

「へい、先生には、かりんとうをいただきました」

伝兵衛が腰を折って報せると、

「そう……」

お梅は、目を閉じて、小さな息を吐いた。

「豆吉、お願いがあるんだけど」

「へい、なんでしょう」

「大黒屋の者だと言わずに、相手のことを調べてちょうだい。きっとろくな女じゃないんだから」

言われて、伝兵衛は訊いてみたくなった。

「どうして、女だとお思いなのです」

「あら、違うの？」

逆に訊かれて、伝兵衛は返答に困った。

——女の勘というやつは、まったく鋭い

清吉から聞いたことを話そうとしたのだが、言葉を飲み込んだ。急ぎ働きの盗賊に襲われた家の生き残りなのはともかく、伝兵衛は、おとせという女が、二年で五両もの金を貯めていたことに、疑念を抱いていたのだ。酒を呑ませる煮売り屋の小女が、日々の暮らしをしながら貯められるのだろうか。

「豆吉、聞いているのですか」

お梅に言われて顔を上げた伝兵衛は、おとせのことを調べることを承諾《しょうだく》した。それが、清吉のためにもなると思ったからだ。

当面の駄賃《だちん》だと言い、お梅から小粒金を受け取った伝兵衛は、夜を待って密かに家を出ると、おとせが働く店に行った。

しのぶ、という看板の文字を探して歩んでいた伝兵衛は、酔客を送り出した若い女を遠目に見かけて歩み寄る。

「じゃ、またなおとせちゃん」

手を上げて帰る酔客の声を聞き、伝兵衛は看板と女とを交互に見て、さらに歩を進めた。

二人並んで歩む酔客とすれ違う時、

「どうだったよ、ええ、どうだったんだよ」

片方の男がしきりに訊いているのに対し、

「すげぇぜ、透《す》き通るような肌とは、あのことを言うんだな」

受けた男が、そう答えている。

伝兵衛は、すれ違う男たちの喜ぶ姿を横目に、店に近づいた。外で見送っていたおとせと呼ばれた女は、なるほど、色白で、目つきに色気のある、器量よしだ。

「いらっしゃい。どうぞ」

暖簾《のれん》を分けて誘うおとせの横を通った時、首筋に汗を浮かばせているのが目に入り、伝兵衛は、やはりそうか、と、心の中でため息を吐いた。

店に入ると、職人風の男が数組呑んでいて、奥の隅《すみ》の席には、人相の悪い男たちが陣取っていた。空いている場所はその男たちの横しかなく、おとせはそこに案内する。

「へい、どうも、失礼します」

白い目を向ける男たちに腰を折り、身を縮めて床几に腰かけると、酒を頼んだ。

豆腐《とうふ》を食べながら、ゆっくり酒を呑んでいるうちに、人相の悪い男たちのうちの一人が立ち上がり、伝兵衛の前に立つ。

「爺さん、みねぇ顔だが、旅の人かい」

「へい」

「そうかい。さっきから見てりゃ、ずいぶん店のことを気にしているようだが、あんたまさか、これを目当てに来たのか」

小指を立てて声を潜めるので、伝兵衛は頭を振る。

「いえ、近頃あっしは、あっちのほうはてんで縁がなく、楽しみはこれだけで」

ぐい飲みを持って見せて酒を干すと、男に勧めた。

「なんだ、そんな年にも見えねぇがな。うちの親分なんざ、あんたぐれぇの年でも妾《めかけ》を三人も囲っているぜ」

酒が入って上機嫌な男は、初対面の伝兵衛を捕まえて、饒舌《じょうぜつ》である。てっきり、女、いや、おとせが目当てで来ているのかと思いつつ相手をしていたのだが、伝兵衛の分も気前よく勘定《かんじょう》を済ませ、男たちは帰って行った。

伝兵衛は、もう少し呑みたいと言って残っていると、男たちが帰るのを待っていたかのように、二階から女が下りてきた。伝兵衛のことを見向きもせずに、一人で呑んでいる職人風の男の横に座ると、腕を絡《から》めて誘っている。

男はすぐ誘いに乗り、二階に上がった。

――やはり、女郎を置く店だったたか。内儀さんになんと言えばよいか
伝兵衛は、酒を干すと、清吉のことを考えながら、おとせのことを見た。酔客を相手に忙しく働くおとせは、客を誘う暇なく立ち動いている。

その後ろ姿に、酔客が舐めるような視線を送る。

店にいる女は、上にいるのとおとせの二人だけ。一人が客を取っている間は、もう一人は酔客の相手をする。それがこの店のしきたりなのだろう。

寡黙《かもく》な店主は表に出ず、板場で仕事をしている。

客の中には、

「釣《つ》りはおとせちゃんのものにしな」

店主に聞こえるように言い、多めに置いて帰る者がいた。店主も、そのお金を取るわけでもなく、おとせが懐に入れている。そこで伝兵衛は思った。おとせの境遇を知る者が、法要の夢を叶《かな》えさせるために、協力しているのではないか。

そうであって欲しいと願ったが、貯めた金を博打につぎ込む男がいたのでは、町の者の厚意も水の泡。伝兵衛はそう思うと、おとせを騙す男に腹が立った。

伝兵衛は、清吉を痛めつけた男が現れるのを待ったのだが、夜も更《ふ》け、一人二人と、客が引けていく。二階で客を取っていた私娼《ししょう》の女は、職人風の男を見送ると、今日は終わりだと言って店主に場所代を払い、自分の家に帰って行った。

「お客さん、そろそろ閉めますんで」

おとせに言われて、最後の一人になっていたことに気付き、伝兵衛は店から出た。

外でおとせを待って、近くの長屋に帰るまで見張っていたのだが、結局この日、男は現れなかった。

三

大黒屋の自分の部屋に入り、寝床に滑《すべ》り込んだ伝兵衛は、おとせのことを清吉に報せるべきかどうか迷い、考えているうちに目が冴《さ》えてきて、起き上がった。

——これまで通い続けた清吉のことだ。おとせのことは百も承知で惚《ほ》れ、案じているのかもしれない

惚れた女が何をしていようが、その身を案じる清吉の一途《いちず》な心を思うと、伝兵衛は胸が苦しくなる。清吉がいくら惚れていようが、今のままでは、両親が受け入れるはずがないからだ。

伝兵衛は、廊下の気配に気付いて横になった。程なく蠟燭《ろうそく》の灯りが障子《しょうじ》を照らし、人影が座る。

「豆吉、戻りましたか」

「内儀さん」

お梅の声に慌てて起き上がると、障子を開けた。

お梅は、頭を下げる伝兵衛を横目に部屋の中に入り、膝を揃えて座る。

「どうでしたか、何か分かりましたか」

伝兵衛は、小さな声ではいと答えたまま、俯いた。

「やはり、ろくでもない女なのね」

「いいえ、決してそうは見えません。懸命《けんめい》に働いていました」

「だったら、清吉がどうしてあのような怪我をして帰るのです」

「酒を呑ませる店ですから、客同士の喧嘩もございましょう。坊っちゃんは、とばっちりを受けられたんじゃないかと」

伝兵衛は顔を上げたのだが、疑う目を向けられて、すぐに下を向く。

「もう少し、調べてみます」

「そうしてちょうだい。縁談の邪魔になるようなことは、あの子から退《の》けなければ。頼みましたよ」

「坊っちゃんに、縁談があるのですか」

「今はまだないわよ。でも、良いお話がきても、あの子があの調子では、何処で悪い噂が立つかわからないでしょう。嫁をもらうまでは、きれいな身体でいて欲しいの」

「はあ、さようでございますね」

伝兵衛は、男たるもの女の一人や二人、といいたいのをぐっと堪《こら》えた。夫の女遊びで苦労してきたお梅が、息子の身を案じるのは当然だ。そう思った伝兵衛は、きちんと調べることを約束した。

翌日、伝兵衛は表の庭掃除をしていたのだが、清吉が部屋から出てきたので手を休めた。

廊下を歩む清吉は、思いつめたように、浮かない顔をしている。声をかけようとしたのだが、おとせのことを考えているに違いないと思うと、かける言葉がみつからなかった。

昨夜のお梅の様子では、おとせが客を取っていようがいまいが、清吉が女房にすることはできないだろう。

清吉もそれが分かっているのではないか。

伝兵衛がいるのに気付かず、縁側に座り、ぼうっと庭を眺める姿を見ていると、そう思えてならない。

「坊っちゃん」

案じて声をかけると、清吉は、力のない目を向けた。

「豆吉か」

「元気がございませんね」

「おとせの顔を見られないと、気が狂いそうなんだよ。またあの男に金を取られていやしまいかと、心配でたまらないんだ」

「大丈夫ですよ、坊っちゃん。わしが見張っておきますから」

「気持ちはありがたいが、相手は悪い男だ。身体つきもわたしより大きいのだから、目を付けられたら大変だ。お前では太刀打ちできないよ」

年寄りには無理だと言われても、伝兵衛は、清吉の優しさが嬉しかった。

「大丈夫です。逃げ足だけは速いですから」

「いいから、無理をしないでおくれ。わたしが今言ったことは忘れて、大人しくしていてくれ」

「分かりました。坊っちゃんのおっしゃる通り、大人しくしていましょう」

庭仕事に戻るふりをして、それとなく目筋を向けると、清吉はまた、考え込んでいる。時折頬を触り、目の上の腫れを気にしては、ため息を吐く。

伝兵衛は、清吉のためにも、おとせを悪い輩《やから》から離してやらねばと思い、夜を待って出かけた。

店で酒を呑みながら、おとせを外に誘い出す機会を探っていたのだが、今夜も店は大繁盛《だいはんじょう》で、酒も料理もさることながら、私娼の女は、大忙しである。

「もうかんにん。今夜はおしまい」

二階から下りて客を送った女が店主に言い、伝兵衛がいる小上がりに腰かけて、ぐったりと横になった。酒肴《しゅこう》が載る膳《ぜん》越しに伝兵衛を見て、紅が取れかかった唇に笑みを浮かべると、首をもたげた。

「お客さん、昨夜《ゆうべ》も来ていたね。あたしが目当てかい。それとも、おとせちゃんかい」

突然訊かれて、伝兵衛は動揺した。

――やはり、おとせは客を取っているのか
ちらりとおとせのことを見たのに気付いた女が、伝兵衛の前であぐらをかいた。赤い襦袢《じゅばん》から、むっちりと柔らかそうな真っ白な脚をのぞかせて、膳を払って身を寄せてくるなり、他の客の目もはばからず、伝兵衛の股に手を伸ばした。

「わわ、何をする」

慌てる伝兵衛に、女がいたずらな笑みを見せた。

「へえ、身体に似合わずいいもの持っているじゃないの爺さん。随分ご無沙汰《ぶさた》なんでしょう。あたしが相手をしてあげようか」

伝兵衛は手を払った。

「よ、よさんか。わしは、酒を呑みにきただけじゃ」

「嘘、さっきおとせちゃんを見たくせに」

「ち、違う、違う」

「嘘おっしゃいな。でも、おとせちゃんは駄目よ。あの子、客を取っていないもの」

伝兵衛はそれを聞いて、ほっと胸を撫で下ろした。その顔を下から覗き込んだ女が、伝兵衛のぐい飲みを奪い、勝手に酒を注いで干した。そして、伝兵衛の股に顔をうずめると、足にしがみついてきた。

「おい、やめんか」

言ってどかせようとしたが、女は、寝息を立てている。

「爺さん、そうなったら駄目だな。おくみの奴、目が覚めるまで離れないぜ」

若い客がからかうと、一緒にいた客が歩み寄り、

「ははん、おくみの奴、酔ってるな。爺さん、そのままにしておきな。目が覚めたら、なにに吸い付いてくるぜ。朝までいい思いをさせてもらいなよ」

そう言うと、肩をぽんと叩いて、仲間と共に帰って行った。

おとせが飛んできて、

「すみません。今の嘘ですから。すぐ起こしますから」

平謝りすると、おくみを揺すり、起こしにかかる。

更《さら》に力を入れて抱きついてきたおくみが、

「おっとうの膝は、あったけぇ」

そう言うと、顔を脚に擦り付けて、気持ちよさそうに眠っている。

「おくみさんたら」

伝兵衛を父親と間違えていると気付き、おとせが寂しそうな顔をした。

すぐ起こしますからと謝るおとせに、伝兵衛は笑みを向けて言う。

「疲れているのだろう。わしは構わんよ」

伝兵衛は、よく見れば幼い顔をしているおくみの寝顔を見て、身上を思った。農家の生まれなら、口減らしに奉公に出されるのは珍《めずら》しくない。こうして身体を売るのも、生きていくためにしているに違いなく、明るくふるまっていても、心では泣いている。

そう思った時、伝兵衛の頭の中に、湯殿にいる若い女たちの姿が浮かんだ。しかし、そこが何処なのかも、誰なのかも思い出せない。

急に頭が痛くなり、伝兵衛は眉間を指で押さえた。

「大丈夫ですか」

おとせに言われて、伝兵衛は頷いた。

「何でもない。もう一本、酒を頼む」

「はい、はい」

笑みで応じたおとせだが、表に目を向けた途端《とたん》に、顔をこわばらせた。そして、小さく頷いたので伝兵衛が振り向くと、入り口の端から顔を覗かせていた男が、伝兵衛をじろりと睨み、顔を引っ込めた。

——今のが、辰五郎か
外を気にする伝兵衛のところにおとせが酒を持って来ると、外に出て行った。伝兵衛はおくみの腕を解《ほど》いて横にさせ、勘定を置くと店主に声をかけ、後を追って出た。二人の姿を捜して歩んでいると、店の裏手に入る路地の片隅で、二人は向かい合っている。男はにやけ、おとせの表情は硬《かた》い。

伝兵衛は店の角に立ち、聞き耳を立ててみる。

「お金は、もうありません」

おとせが怯えた口調で言うと、辰五郎が拳を塀に叩きつけた。顔すれすれに突き出された拳に、おとせがびくりと身体を震わせる。

「いいのか、あのことを皆に言いふらしても」

「それだけは、それだけはやめてください」

「だよな。皆に知られたら、きっと今までとは違う目で見られるぜ。二階に誘われるかもな」

「止めて、止めて」

耳を塞ぐおとせの腕を摑み上げ、辰五郎が怒鳴る。

「だったら、店の親爺に頼んで金を借りてこい。二両だ。早くしねぇか」

恐怖にうずくまるおとせに向かって、辰五郎が拳を振り上げた。伝兵衛が止めに入ろうとした時、

「やめろ！」

奥の暗闇から怒鳴る者がいた。

「や、坊っちゃん」

伝兵衛が止める間もなく、清吉が男に迫った。

「やめとけ、また怪我をするぜ」

余裕の辰五郎に対し、清吉は緊張してがちがちだ。

「おとせちゃんを苦しめるな」

「こいつは俺の女だ。どうしようが勝手だろう」

「黙れ！」

清吉は、懐から包丁を出した。鋭い切っ先を向けられても、辰五郎は眉一つ動かさず、平然としている。

「おもしれぇもの持ってやがるじゃねぇか。おう、おめぇたち！」

辰五郎が言うと、清吉の背後に仲間の男が二人立った。

焦った清吉が、

「このやろう！」

包丁で辰五郎に襲いかかったが、腕を摑まれてもみ合いになると、腫れた顔を殴られ、包丁を奪われた。蹴り倒された清吉を、仲間の男が押さえつけ、手足の自由を奪った。

「清吉さん！」

おとせが叫び、助けようとしたが、辰五郎に突き飛ばされた。

「刃物を抜きゃあがったのはこいつだ。ぶっ殺してやる」

仲間が手足を押さえる清吉の腹の上に跨《また》がろうとした時、

「止めておけ、若いの」

背後から言われて、鋭い目を向けた。

伝兵衛の姿を見て、辰五郎が包丁を向けた。

「じじい、邪魔すると、てめえも痛い目に遭わせ――」

言い終えないうちに、辰五郎の手から包丁がなくなった。向き合った伝兵衛が、なにをどうしたものか、素早く奪っていたのである。

ぎょっとした辰五郎が、

「て、てめえ！」

懐から匕首《あいくち》を引き抜くや、斬りかかる。だが、伝兵衛に腕を摑まれ、ひねり飛ばされた。

地面で腰を強打した辰五郎を見て、仲間の二人が匕首を抜いて襲いかかったものの、伝兵衛は一人目の腹に蹴りを入れて飛ばすと、二人目の腕を組み絞めて地面に叩き伏せ、喉に包丁を突きつけた。

「ひっ」

伝兵衛の気迫に接して、殺されると思った男は、白目をむいて気絶した。

「て、てめえ」

辰五郎が起き上がると、伝兵衛が顔を向ける。

「まだやろうってのかい」

凄腕の御庭番の目付きに、辰五郎が震え上がった。顔を引きつらせ、仲間を連れて逃げて行く。

伝兵衛は、匕首と包丁をどぶ川に捨てると、清吉を起こした。

「坊っちゃん、大丈夫ですか」

清吉は伝兵衛の腕を摑むと、すがるような目を向ける。

「豆吉、今の技、あれはなんだい。昔のことを思い出したのかい」

「いえ、咄嗟《とっさ》のことで、手が勝手に」

「凄いよ豆吉」清吉は、自分なんか、と、うな垂れた。「好きな女一人救えない。豆吉のように強かったら、どんなにいいか」

「坊っちゃん、おとせちゃんのことを守りたいなら、遠くから見てちゃ駄目です」

「ど、どうしろと。わたしは、豆吉のようにはできないよ」

「喧嘩のことを言ってるんじゃござんせんよ。おとせちゃんを幸せにできる方法は、他にもあるはずでしょ」

そう言うと、清吉は意味が分かったらしく、はっとした。

「で、でも、今は、おとせちゃんの気持ちだって、分からないのだし」

「だったら、確かめてはいかがです」

　おとせは、清吉のことを案じてこちらを見ている。伝兵衛は肩を摑んでくるりと向きをかえさせると、背中を押した。

　一歩出て、ごくりと喉をならした清吉は、おとせのところに行き、両手を握った。

「おとせちゃん。ち、小さい時からずっと好きだった。今夜のようなこと、もう終りだ。わたしに、おとせちゃんのことを守らせてくれないかい」

「清吉さん……」

「わたしの、女房になってくれ」

　おとせは俯くと、首を横に振った。

「おとせちゃん」

「駄目、あたしは汚れているの。お嫁になんてなれない。なれないのよ」

　両手で顔を覆い、泣き崩れるおとせを受け止めた清吉は、抱きしめた。

「あんな男のことは忘れてくれ。わたしが、生涯《しょうがい》守るから」

「違うの。違うのよ」

「何が違うんだい、おとせちゃん」

　清吉が訊いても、おとせは泣くばかりで、何も言おうとしない。

伝兵衛は、辰五郎が言っていた、皆に言いふらす、という言葉を思い出し、おとせを問いただそうとする清吉を止めた。

「恐ろしいめに遭わされて気が動転していなさるのでしょう。坊っちゃん、今夜は帰りましょう」

「しかし、おとせちゃんを一人にはできない」

「当然ですとも。家に連れて行きましょう」

「あたしは、行けません」

「一人で家に帰ったら、奴らが来るかもしれないよ」

伝兵衛が言うと、おとせは両腕をさすり、怯えた顔をしている。

「大丈夫、坊っちゃんがきっと守ってくれるから、胸にすがりなさい。坊っちゃんのことが嫌かい」

伝兵衛が確かめると、おとせは頭を振った。

「おとせちゃん……」

清吉は安堵して、伝兵衛に嬉しそうな顔を向ける。

伝兵衛が頷き、

「それじゃ、行きましょう」

二人を促したのだが、おとせが、やっぱり行けないと言い、立ち止まる。

「あたしのような者が行けば、おじさまやおばさまに、迷惑がかかってしまう。店もまだ終わっていないし」

清吉が、遠慮なんかするなと頼んだが、おとせは、悲しげな顔で俯く。

伝兵衛は、訊かずにはいられなくなった。

「お前さん、辰五郎に何か弱みを握られて脅されているんじゃないのかい」

おとせが、はっとした顔を上げ、いえ、と言って押し黙った。

過剰《かじょう》に反応したのは、清吉のほうだった。

「豆吉、そんなことはどうでもいいじゃないか。うちに来てくれたら、辰五郎なんかに指一本触れさせない。そうだろう」

「ええ、そうですとも。これは、つまらぬことを訊きました」

伝兵衛が頭を下げると、おとせが頭を振った。しかし、脅されている理由は、やはり言わなかった。

伝兵衛と清吉は、今夜は店が終わるまで手伝いたいというおとせを待って、大黒屋に帰った。

こっそり裏から入り、とりあえず、伝兵衛の部屋に匿《かくま》うことにしたのだが、夜ふけになって、お梅が伝兵衛を訪ねてきた。

慌てた伝兵衛は、清吉とおとせを自分の寝床に隠すと、

「ただいま、すぐに」

外に出て障子を閉《た》てた。

この態度に訝しい顔をしたお梅が、障子を開けようとしたので、慌てて伝兵衛が障子を押さえて開かないようにした。

「何をしているのです、豆吉」

「いや、今夜はその、散らかっているものですから」

じろりと睨むお梅が、呆《あき》れた息を吐く。

「まあいいでしょう。で、どうだったの」

「ええ、間違いございません」

「何がです」

「坊っちゃんの目です。娘さんは、それはもう働き者でして、近所の評判も良いですよ」

伝兵衛の言葉が意外だったらしく、お梅は、納得がいかない様子だったが、

「そう」

拍子《ひょうし》抜けしたように言う。

「一度、お会いになってみて、内儀さんの目で確かめられてはいかがです」

「まあ、そうしてみてもいいですけど」

伝兵衛がしめた、と手を打つと、お梅が驚いてびくりとした。

「なんですか、大きな音をたてて」

「こりゃどうも、嬉しくてつい。明日、お連れしてもよろしゅうございますか」

「いいでしょう。ただし、素性《すじょう》がはっきり言えないような娘はお断りですから。連れて来る前にそう伝えてちょうだい」

「へい、そりゃもう……」

「では、明日」

つんとした顔をすると、お梅は自分の部屋に戻った。

伝兵衛は、安堵の息を吐き、障子を開けた。

「坊っちゃん、おとせちゃん、そう言うことですよ」

一つの布団に入っていたことが恥ずかしいのか、二人は背中を向けて座る。

「あ、明日は、き、きっと守ってみせるから」

清吉は、緊張のあまり声を上ずらせている。

伝兵衛が、しっかりなさいと言って背中を叩くと、清吉が咳込んだ。

情けなやと笑いつつも、伝兵衛は、浮かぬ顔をするおとせのことが気がかりだった。

四

「おとせが大黒屋にいるたあ、どういうこった」

仲間の報せに起き上がった辰五郎が、伝兵衛にひねられた腕の痛みに顔をしかめ、枕屏風《まくらびょうぶ》を蹴り飛ばした。床の中で寝ていた女が、迷惑そうな声を出して裸の背を向ける。

ちょうちんを持って中に入っていた仲間の男は、女に気をつかって灯りを吹き消そうとしたのだが、辰五郎がそのままでいいと言ったので、背を向けて畳《たたみ》に腰かけた。首に布を巻いているのは、伝兵衛に薄皮を切られていたからだ。

男は、痛む首を気にして、さすりながら言う。

「おめえに言われたようにおとせの家を見張っていたが、けえってこねえので、煮売り屋の親爺を締め上げて白状させたのよ。そしたら、くそじじいと一緒に、大黒屋に行くと言ったそうだ。包丁を振り回した若造は、大黒屋の跡取り息子らしいぜ」

「あの有名な、味噌問屋の倅《せがれ》か」

辰五郎は唇を舐めた。

「こいつは、とんでもねえ金づるになるぜ」

「どうする気だ。大黒屋は城の出入りを許された大店だぞ」

「なあに、恐れることはねえ。そこを逆手にとるのよ」

女の尻を叩いてどかせると、辰五郎は着物を羽織《はお》り、外に出た。寝静まっている長屋の路地を歩んでどぶ川のほとりに出ると、仲間を手招きした。

「助蔵《すけぞう》、いっぺんしか言わねえからよく聞け」

「おう」

助蔵が耳を近づける。

「人の女房に手を出したら、不義密通の罪で重い罰を受けるだろう」

「まあ、役所に訴えりゃ、そうなるな」

「大黒屋の倅といえども、ただではすまね」

「でもよ、おとせは誰の女房でもねえぞ」

「おれの女房ということにしておくのよ。おとせは、おれの言うことには逆《さか》らえねえんだ」

「なぁるほど。役所に訴えると脅して、金でけりをつけさせようってすんぽうか」

「そういうことよ。城に出入りする商人は、悪い噂を極端に嫌う。そこに付け込めば、百や二百の話じゃねえ。五百両は、ふんだくれるぜ」

「しかしよう、またあの化け物みてえなじじいが邪魔しやしねぇか」

「あん時は油断したが、今度会ったらそうはいかね。じじいめ、叩きのめしてやらあ」

「無理は禁物だ。ここは、あの人に助っ人《すけと》を頼んだらどうだ」

「誰のことだ」

「ほれ、すぐそこにいる先生だよう。一両も出しゃ人を斬るぜ、あの先生は」

「杉山《すぎやま》の旦那《だんな》のことを言っているのか」

「他に誰がいる」

「なるほどな。確かに、あの旦那がいてくれたら怖いものなしだ。よし、頼んでみるか」

辰五郎はもう一人の仲間を起こして、こまごまとした打合せをした。そして、朝を待って杉山某《なにがし》の家に行くと、一両で仕事を頼んだ。

「そのじいは、まことに強いのか」

「そりゃもう、まるで天狗でさ」

辰五郎が大げさに言うと、塗が剝げた鞘の刀を畳に立て、杉山が鋭い目つきとなった。

「そうか。そのように強いなら、一両では足りぬな」

足元をみられて、辰五郎が頰をぴくりとさせたが、

「おっしゃるとおり。わかりやした、仕事がうまくいきやしたら、十両、いや、倍の二十両出しやしょう」

「よかろう。案内いたせ」

「お待ちを。くれぐれも言っておきますが、斬るのはじじいが邪魔をしたときだけですぜ。店の者には、手を出さねえでくだせえ」

「あい分かった」

「それじゃ。参りやしょう」

浪人を雇った辰五郎は、通りの商店の上げ戸が開かぬうちに、大黒屋の戸を叩いた。

戸の向こうから、誰かと尋《たず》ねる男の声に、

「こちらの息子さんのことで、大事な話がござんす」

辰五郎が通りに響く大声で言うと、お待ちを、と返事がきて、慌てて閂《かんぬき》を外し、店の者が顔を出した。

「おめえさん、この店の誰だい」

「番頭でございますが」

「そうかい。あんたじゃ話にならねえ。あるじに会わせてもらおうか」

「いったい、何のご用件でしょう」

訝しい顔をする番頭を、辰五郎は睨みつけた。

「ご用件か、跡取り息子がしでかしたことだが、ここで言ってもいいのかい」

ただならぬ様子に、番頭は慌てた。

「少々お待ちを。いま、呼んで参ります」

「外で待たせる気か！」

「大きな声を出さないでください。分かりました。どうぞ、お入りを」

番頭が中に招くと、辰五郎と仲間の二人が入り、最後に、杉山が入った。辰五郎たちは三人並んで店の板の間に腰かけ、杉山は立ったまま、ぬかりのない目で店の中を見回している。

見るからにろくでもなさそうな男たちに、下女のお島も手代も声を失い、隅で縮まっていた。

「お島、お島。ここはいいから、仕事に戻りなさい」

番頭は、怯える下女に命じると、あるじたちがいる居間に急いだ。

「旦那様、旦那様」

「なんだね。邪魔をしないよう言っておいただろう」

不機嫌に言う善助の前には、清吉が膝を揃えて座り、下の廊下には伝兵衛がいる。あるじの隣にいるお梅は、二人を見ないように、不機嫌な顔を横に向けている。

善助は、番頭に耳をかさず、息子に言った。

「さ、清吉、続きを言いなさい。怪しげな店で働いている娘に会ってもらいたいと言ってもな、素性も名も言えないじゃ、話にならないよ」

清吉は、母をちらりと見て、ごくりと喉を鳴らした。

「名は、おとせです」

「おとせ？」

お梅は、その名を憶えていた。

「まさか、あのおとせちゃんなの、清吉」

「あのおとせちゃんて、誰だい」

善助は忘れていたようで、お梅に訊いたが、答えを聞く前に番頭が袖を引っ張り、耳打ちした。

「なんだって！」

善助の驚く声に、お梅が顔を向けた。

「なんです、大きな声を出して」

「表に、がらの悪い連中がきているらしい。清吉のことで、話があるそうだ」

「何かしたのですか、清吉」

お梅が、黙り込む息子を睨んだ。

「厄介《やっかい》ごとはごめんですよ。清吉、なんとかおっしゃい！」

「まあ落ち着きなさい。とりあえず、話を聞いてくる。お前たちは、ここにいなさい」

善助は番頭と一緒に、店に顔を出した。

「お待たせしました。あるじの善助でございます」

下手に出て用件を訊くと、真中に座っていた辰五郎が顔を横に向け、白い目を向ける。

「おう、おめえいったい、息子にどういう躾《しつけ》をしてやがるんだ」

「なにか、そそうがございましたか」

「大ありだ。おめえの息子はな、おれの女房をたぶらかしやがったんだ」

「そ、そんな――」

善助は絶句した。清吉が何も言わないのは、懸想《けそう》した相手が人妻だからだと思ったのだ。

「昨夜ここへ連れ込んだのは分かっているんだ。居るよな！」

「いえ、そんな人はいませんが」

「嘘をつきやがれ。おめえの息子が女房を連れて帰ったと、店の親爺が言ったんだ。知らねえなら、家中捜してみろ」

「そ、そう申されましても、居ませんので」

善助が俯くのを見て、辰五郎は苛立った。

「そうかい。そうやって隠すつもりだな。おう、息子が女房のおとせを連れ込んでいるのは分かっているんだ。そっちが白《しら》を切るなら、役所に訴えるぜ！」

おとせと聞いて、善助が慌てた。男たちが嘘を言っているようには見えなかったので、何処かに匿っているに違いないと思ったのだ。

——わたしの血を引く息子なら、ありうる
過去に自分がしでかしたことを思い、善助は、男に頭を下げた。

「そ、それだけはどうか、ご勘弁を」

神妙な態度に、辰五郎と仲間たちはほくそ笑む。

「この始末をどうつける気だ。ええ！」

「どうすれば、よろしいでしょうか」

「不義密通の罪を消す方法は一つしかねえだろうよ。これだけの身代を守りたけりゃ、それ相応の誠意を見せてもらおうか」

「分かりました。いかほど、御用意いたしましょうか」

「そうさな、千両」

「せっ——」

絶句する善助に、辰五郎が顔を寄せた。

「と言いたいところだが、五百両で勘弁してやる」

それでも、大変な額である。善助は、ぶるぶると震えはじめた。

「そのような大金、いくらなんでも無理です。わたしの時は、五十両で話をつけましたよ」

「てめえ、おちょくってんのか」

「い、いえ、決して」

「役所に訴えようか！」

「お待ちください。ひゃ、百両なら、用意できます」

「五百両だ！　おめえの息子は、おれの大事な女房に手を出したんだ。びた一文負けられねえ！」

「そのような大金、無理です。それに、息子は確かに女の人に懸想しておりましたが、手を出しているかどうか分からないでしょう。証があるんですか」

「てめえ！　開き直りやがって、痛い目に遭いてえか！」

辰五郎が立ち上がると、仲間もそれに続いた。頭を下げている善助に摑みかかろうとした仲間が、奥から出てきた伝兵衛に気付いて、顔を引きつらせた。

「で、でた」

まるで化け物でも見たかのごとく言い、後ずさりした。

その怯えように驚いた善助と番頭が、伝兵衛を見て不思議そうな顔をしている。

伝兵衛は二人に頭を下げ、腰を折って前に出た。

「旦那、このじじいです」

戸口まで下がった辰五郎が言うと、杉山は、伝兵衛に鋭い目を向けた。

「じじい、外に出ろ」

「その前に、そこの亭主というお人に訊きたいのじゃが、ええかの」

落ち着き払った態度にむっとした杉山が、鯉口《こいぐち》を切った。だが、伝兵衛が一睨みすると、杉山は、蛇《へび》に睨まれた蛙《かえる》のごとく、身動きができなくなった。しかし愚《おろ》かにも、恐れを吹き飛ばさんとして抜刀した。

悲鳴をあげた善助と番頭の前に立った伝兵衛が、土間に跳び下りた。そこへ、杉山が斬りかかってくる。

「てや!」

鋭く横に一閃《いっせん》された一の太刀を伝兵衛がかわすと、杉山は跳びすさり、伝兵衛の拳をかわした。

「こしゃくなじじいめ」

杉山が苛立った。

伝兵衛は鋭い目を向けて、両手を下げて立っている。その右手には、一瞬の間に奪い取った、杉山の鞘が握られている。

杉山は、驚きを隠せぬ目で伝兵衛を見ると、気を取りなおして正眼に構えた。

刀を振り上げて袈裟懸《けさが》けに斬り下ろそうとしたが、伝兵衛がすっと前に出て間合いを詰め、相手の手首を受けた。

杉山は当身《あてみ》をして、小柄な伝兵衛を突き離そうとしたが、手首を取られてひねり飛ばされた。土間に腰を強打したときには、手から刀が奪われている。

杉山は咄嗟に脇差を抜こうとしたが、伝兵衛が、喉元に切っ先を突き付けた。

「き、斬るな。おれは雇われただ――」

耳を貸さぬ伝兵衛に刀の柄で頭を打たれ、杉山は白目をむいて気絶した。

辰五郎たちは瞠目《どうもく》して、声を失っている。

伝兵衛が顔を向けると、悲鳴をあげて逃げようとしたのだが、くぐり戸から役人が顔を覗かせたので、顔を引きつらせた。

「こ、これは、仙崎《せんざき》の旦那」

「辰五郎、貴様ここで何をしておる」

「そ、それはその――」

「騒ぎが起きているという報せで参った。入るぞ」

くぐり戸から入った仙崎という役人は、江戸でいう八丁堀《はっちょうぼり》の同心だ。

中に入るや、抜身の刀を持っている伝兵衛に睨みをきかせ、土間で気絶している浪人を一瞥《いちべつ》して訊く。

「貴様が倒したのか」

「へい」

伝兵衛は、無意識のうちに刀を後ろに引き、片膝をついた。

宮仕《みやづか》えをする者しかしない仕草《しぐさ》に、仙崎が訝しい顔をする。

「お前、何者だ」

「この者は、手前どもで下働きをしております」

善助が言うと、仙崎は伝兵衛に訊いた。

「ここで働く前は、何をしていた」

「山で、猟師の手伝いをしておりやした」

それしか記憶にない伝兵衛。嘘ではない。

「この者は、記憶をなくしているのでございます」

「そうか」

善助に言われて頷いた仙崎は、こっそり逃げようとした悪党どもを怒鳴りつけた。

「辰五郎!」

「へい!」

「貴様ら、大黒屋に押し入りやがったな」

「とと、とんでもねえ」

「嘘をつけ。この悪党どもが」

「嘘じゃござんせん。あっしは、ここの息子に女房を取られたんで、話をつけにきただけです」

「女房を取られただ？」

「へい。不義密通の罪でござんすよ、旦那」

「嘘です！　あたしは、この人の女房じゃありません！」

そう言ったのは、伝兵衛の部屋から出てきた、おとせだった。

「あっ」

おとせを見て驚いたのは、善助だ。尻を浮かせて指差したまま、固まっている。

「おう辰五郎、女房じゃないと言うておるぞ」

仙崎が辰五郎の肩を摑み、強く引き寄せると、

「おとせ、こいつの悪事はおおかた見当がついているが、お前の口から言え。それが動かぬ証となる」

すると、おとせが頷き、歩み出た。

しかし、言葉が出てこない。それを見た辰五郎は「いいのか。言っちまうぞ」とおとせを脅した。しかし、それを聞いて逆に、おとせはきっと辰五郎を睨んで言った。

「あたしは、前からこの人に脅されて、お金を取られていました。そんなあたしを、清吉さんは助けてくださったのです。昨夜だけじゃなく、これまで何度もです。先日は、この人に殴られて、清吉さんは大怪我を負わされました」

「大げさに言いやがって、ちょっと顔が腫れただけだろうが。それにこいつは」

「黙れ、辰五郎」

仙崎に言われ、辰五郎は口を閉じた。

「それだけ聞けば十分じゃ。辰五郎、こたびばかりは年貢《ねんぐ》の納め時だ。他の訴えもきっちり吟味《ぎんみ》してやるから、覚悟しろ」

仙崎がきつく言うと、辰五郎は、がっくりとうな垂れた。

浪人と、辰五郎の仲間たちもしょっ引かれて行き、大黒屋に穏やかな空気が流れた。

「おじさま、おばさま、こうなったのは、全部あたしのせいなんです。ほんとうに、ごめんなさい」

奥の部屋に通されたおとせが、善助とお梅に手をついて謝った。

「やっぱりそうか、おまえさん、武兵衛さんの娘のおとせちゃんなんだね」

「あなた、今気がついたの」

お梅が呆れると、善助が困ったような顔で笑った。

「済まない。こんなに美しい娘さんになっているとは、思いもしなかったものでね。清吉、そうならそうと、早く言えばいいものを」

清吉は何も言わず、俯いた。それを見て、おとせが言う。

「あたしが、黙っていてくれと頼んだんです」

「どうしてだい」善助が不思議そうな顔で訊く。

「生きていると分かれば、おじさまとおばさまが心配されるといけないと思って」

おとせがそう答えると、お梅が言った。

「水臭いわね。でも、生きていてくれて良かった、本当に」

「おばさま……」

「これまでどうやって暮らしていたの。悪い男に脅されていたのは、何か訳があるの」

「お前、そんなことはどうでもいいじゃないか。こうして生きていてくれたんだから」

「でも……」

「正直に言います」おとせは目を伏せたが、覚悟を決めた顔を上げた。「両親を殺されたあと、わたしは親戚に身を寄せたのですが、盗賊に全てを奪われて財産を持っていないわたしに、居場所はありませんでした。辛くて、僅かなお金を持って逃げるように家を出たものの、どうしたらいいかわからなくて、掛川の旅籠に泊まっていたんです。でも、泥棒《どろぼう》にお金を取られてしまって宿代が払えなくなり、代わりに、そこで働くことになりました。女将さんに、いいお金になるからと誘われて――」

「おとせちゃん、そこから先は言わなくていい」

清吉が耐えかねて止めたので、おとせは驚いた顔を向ける。

――知っているの
そんなおとせの顔に、清吉は頷いた。

「聞いてしまっていたんだ、辰五郎に脅されている時に。あいつは、旅籠に出入りしていた時に、おとせちゃんを見ていただけなんだろう」

おとせが、こくりと頷いた。

「でもね、おとせちゃんはおとせちゃんだ。わたしの気持ちに、変わりはないのだよ」

「よく言った、それでこそわたしの息子だ」

善助は清吉を褒《ほ》めたが、お梅は、おとせが旅籠でしていたことを察して、気落ちしたようになっている。

苦労したんだね。とおとせに言ったものの、清吉の嫁にはできないといわんばかりに、まだ若いから、いくらでもやり直せると言い、話をそらそうとする。

おとせも、そんなお梅の心中を察してか、

「今のお店を替わりにやってみないかと誘われています」

努《つと》めて明るくふるまった。

「おとせちゃん、その話は断っておくれ」

清吉が言うと、

「いい話じゃないの」

お梅が邪魔をする。

「かあさま、いいわけないじゃないですか。おとせ、お願いだ、わたしと一緒になっておくれ。昔のことなんか、どうでもいい。わたしは、今のおとせちゃんが好きなんだ」

おとせは辛そうに俯き、首を横に振った。

「嬉しい。でも、わたしがここにいたら、ご迷惑になります。わたしは、あの押し込みがあった夜に生き残った時から、手籠《てご》めにされたんじゃないかと、世間から白い目で見られていたのです」

「いったい誰がそんなひどいことを」

「親戚でも、そう言われていました」

「そうかい……」

善助が鼻をすする。噂は、耳に入っていた。それゆえに、おとせが姿を消したと聞いた時は、生きてはいまいと、お梅と話していたのだ。

お梅も、着物の袖で目を拭い、鼻を赤くしている。

「そんなこと、言いたい奴には言わせておけばいい。わたしが守る。だから、いておくれ、おとせちゃん」

「旅籠で働いていた頃のあたしを知る人もいるはずですから、ご迷惑になります」

おとせは、頭を下げ、助けてくれた礼を言うと、立ち上がった。

「おとせちゃん――」

「待ちなさい」清吉の声を制して止めたのは、善助だ。「見せたいものがあるから、座っておくれ」

おとせが素直に応じて座りなおすと、善助は、蔵から古い木箱を出してきて、皆の前で開けて見せた。中には、黒く焦げた炭の塊《かたまり》が入っている。

「あなた、なんですかこれは」

「おまえにも見せていなかったね。これは、焦げた味噌だ」

「どうしてそのようなものを大切に取っているのです」

「これは、先代から受け継いだものだ。先代が若い頃に大黒屋は火事に遭って、全てを失ったことがあるんだ。もう駄目かと諦めた時に、おとせちゃん、お前さんの爺《じじ》さまが助けてくれたんだよ。今の大黒屋があるのは、井川屋さんのお陰なんだ。この焦げた味噌は、そのことを忘れてはいけないと言って、先代から渡されたものなんだ。今こそ、井川屋さんの大恩を返す時。おとせちゃん、大黒屋の跡を継《つ》ぐ清吉に、生涯、面倒を見させておくれ。このとおりだ」

　善助が頭を下げると、お梅も手を合わせて頼み、頭を下げた。

「そんな、おやめください」

　慌てるおとせに、伝兵衛がそっと近寄る。

「おとせちゃん、お前さんは、死んだ親のためにも、幸せにならなきゃいけないな。それが一番の供養《くよう》だ」

伝兵衛が背中を押すと、おとせは清吉の両親の手を握り、目に涙を浮かべて頭を下げた。

五

この夜、伝兵衛は、清吉とおとせの晴姿《はれすがた》を思い浮かべながら、密かに大黒屋を出ると、闇に乗じて掛川の城下をあとにした。人知れず旅立ったのは、役人の仙崎に顔を憶えられたからだ。掛川に関所破りの手配書が回ってくれば、大黒屋にも累《るい》が及びかねない。そうなる前に、姿を消したのだ。

翌朝早く、大黒屋に駆けつけた仙崎が、下男の老爺はいるか、と善助に迫り、すぐ連れてくるよう命じた。この時、仙崎と共にいたのは、名を島一斎《しまいっさい》といい、関所破りを追う道中方ではなく、大御所、徳川吉宗の命を受けた宝山が遣わした者だ。

豆吉などと呼んでいた老僕が、大御所吉宗に召し出された人物であると知り、善助もお梅も、愕然《がくぜん》とした。清吉は、ただ者ではないと思っていたと喜び、おとせと共に伝兵衛を呼びに行った。豆吉などと名付けた番頭は、腰を抜かさんばかりに驚き、伝兵衛が現れるのを、兢々《きょうきょう》として待っている。

肩を落として戻ってきた清吉が、伝兵衛が皆に宛《あ》てた置手紙を見せた。手紙には、豆吉の名が書かれている。

「またしても、一足違い」

目を通した一斎は、しまった、と膝を叩き、悔しがった。

「お役人様、豆吉、いや、御老人の本当の名を教えていただけませんか」

清吉が腰を低くして訊くと、一斎は、こう教えた。

「名は里見影周殿。上様の御側にお仕えしていただかなくてはならぬお方だ」

「そ、そのような偉い人だったのですか」

清吉とおとせは顔を見合わせて、嬉しそうに笑った。

「笑い事ではない」一斎が不機嫌に言う。「記憶を失っておられるのは、確かなのだな」

「はい。そのようでした」

善助が答えると、一斎は、邪魔をしたと言って外に出て、仙崎とも別れ、とある寺に急いだ。

境内《けいだい》に入ると、旅装束《たびしょうぞく》をまとった宝山が現れ、一斎から報告を受けた。

饅頭笠《まんじゅうがさ》を上げ、澄《す》んだ目を見せた宝山は、指示を仰《あお》ぐ一斎に言う。

「さすがは影周殿。記憶を失っているとはいえ、我らの気配を覚られたか。まだ遠くへは行っておられまい。あとを追うぞ」

「はは」

宝山と一斎が寺から出ると、何処からともなく現れた者たちが二人を追い越し、探索に散っていく。

その頃、江戸の大岡出雲守は、上屋敷の自室で家臣からの報告を受けていた。

伝兵衛が生きていることに驚いたが、大御所吉宗が行方を捜させていると知り、表情を一変させた。唇を震わせ、憎悪《ぞうお》に満ちた顔つきになっていく。

「下がれ」

「はは」

家臣が去ると、大岡は、腕組みをして目を閉じた。

「蓮《れん》を呼べ」

誰もいないはずの部屋で言うと、程なく、廊下に女が現れた。矢絣《やがすり》の着物を着た女は、一見すると腰元だが、表情には余裕があり、ただならぬ気を感じる。それもそのはず、この蓮という女は、大岡が使う忍びの頭目。その実力は、伊賀者《いがもの》を凌《しの》ぐ。

大岡は、廊下に控《ひか》える蓮の前で片膝をつき、声を潜めた。

「里見影周が生きている。大御所様の手の者が連れ戻すために捜しているが、今あの者に戻られては、わしの立場が危うくなる。なんとしても先に捜し出し、始末せい」

「殺しても、よろしいのですね」

念を押す蓮に、大岡は頷く。

「かしこまりました。必ず仕留《しと》めてまいります」

「見くびるなよ」

大岡が言うと、蓮は唇に笑みを浮かべて、大岡の前から去った。

蓮の命を受けた刺客《しかく》が江戸を離れたのは、その日の夜だ。商人や旅の僧に化けて街道を上り、箱根を越えたあたりから、それぞれが別の道へ分かれていく。蓮の手下たちは、各々が相当な腕を持っており、狙われるほうとしては、かなり厄介な者たちだ。

吉宗の手の者と、大岡の放った刺客に探索されているというのに、何も知らぬ伝兵衛は、街道を外れて山道を進み、信州方面へ向かっている。

遠くに切り立つ霊峰は、頂上に薄っすらと雪を残しているが、目の前の山々は緑が濃くなり、日差しも強い。

切り立った岩場の道に出た伝兵衛は、編笠の端を持ち上げて空を眺め、手ぬぐいで汗を拭くと、道端に地蔵があることに気付き、思わず手を合わせる。

「梅雨《つゆ》になる前に暮らせる家が見つかるとよいのですが、ま、なんとかなりましょうな」

微笑む地蔵に、伝兵衛の口元も緩む。

谷間に一陣の風が吹き、地蔵に供《そな》えてある黄色い花がなびく。舞い上がる花びらを目で追う伝兵衛は、風に導かれるように、歩みを進めた。

第三話　悪だくみ

一

山道を歩き続けた伝兵衛が小さな宿場に到着したのは、掛川を出て三日目の夕刻だった。先に進めば信州に向かうはずだが、あてのない旅をしている伝兵衛は、人里離れたこの宿場に逗留《とうりゅう》を決めて、最初に声をかけられた旅籠《はたご》に草鞋《わらじ》を脱いだ。旅籠は、掛川宿に並ぶような立派なものではなく、客間は八畳ほどで、枕屏風《まくらびょうぶ》を置いて仕切っただけの、雑魚寝《ざこね》である。と言っても、宿場は毎日旅人が来ることはないらしく、この日の客は、伝兵衛だけだった。

声をかけた四十過ぎくらいの女は、名をおもんといい、宿を一人で切り回している。伝兵衛は五日ぶりの客だと笑い、盥《たらい》の水で足を洗うことからはじめると、風呂がないかわりに、汗で汚れた背中を拭いてくれるなど、満足のゆくもてなしをしてくれる。

食事は、山うど、こごみ、あざみ、わらび等の漬物が並び、囲炉裏《いろり》には、岩魚《いわな》の塩焼き、山鳥の肉などが炙《あぶ》られ、旨そうに脂《あぶら》を垂らしている。

伝兵衛は、久々のごちそうに舌鼓《したつづみ》をならし、女将《おかみ》が自分で造ったという濁酒《どぶろく》を楽しんだ。旨い酒に気分が上々となったところで、気になっていたことを訊いた。

「この宿場には、男が少ないように思えたのじゃが、出稼ぎをしているのかい」

「そうですよ」

「女将さんの御亭主もかい」

「あたしはずっと独りもんですから」

言った女将が、着物の襟を触り、流し目をした。

その仕草は、芸者、とまではいかぬものの、男を惑わすには十分な色気がある。

寂しくはないのかと伝兵衛が訊くと、女将は微笑む。

「気楽でいいですよ。お客さんとこうして話ができますしね」

「なるほど。それはそれで、楽しい暮らしじゃな」

「お客さんは、御家族はいらっしゃらないんですか」

訊かれて、伝兵衛は首を傾げた。

「忘れてしもうた」

「御冗談《ごじょうだん》を」

「いや、本当のことじゃよ。わしは、名前すら思い出せんのだ」

熊に襲われたはずみに全部忘れたと言うと、まあ、と言ったおもんが、気の毒そうな顔をする。

「帰る場所も忘れていらっしゃるのに、お客さんは何処へ行かれるつもりなのです」

「風が導くままに旅をしていたら、ここへ着いたんじゃ。何処か、わしを雇うてくれるところはないか。三度の飯と寝床《ねどこ》があれば、それでいいのじゃが。いや、今日の宿代くらいは持っているつもりじゃが、これで、足りるか」

伝兵衛が大黒屋のお梅からもらっていた小銭を全部床に出すと、おもんはくすりと笑い、三分の一だけ拾った。

「お、では、あと二日泊まれるな」

伝兵衛が喜ぶと、おもんが頷く。

「こんな所でよければ、仕事が見つかるまで泊まってくださいな」

「いいのかい」

「ええ」

「それじゃ、ついでにわしを雇ってくれんかの。先ほども言ったが、金はいらんのじゃが」

「そうですね、そうしていただけると、助かります」

あっさり雇ってくれたことに、伝兵衛は驚いた。

「本当に、このじいを雇ってくれるのか」

「ええ、お願いします」

伝兵衛が手を合わせて拝《おが》むと、

「やめてくださいな」

おもんが手をひらひらとやり、酒を勧める。

伝兵衛はなんだか嬉しくなって、酌《しゃく》を受けた。ぐぐっと空けろと言われて、調子にのってあおると、良い飲みっぷりだと、おもんが喜ぶ。

「ささ、もう一杯」

目をとろんとさせた伝兵衛が、湯呑を差し出して一人で笑う。

「これは、旨いな」

「ありがとうございます。さ、もう一杯」

ぐいっと湯呑を干した伝兵衛は、急に囲炉裏端にごろりと横になり、高いびきをかきはじめた。

「あらあら、風邪《かぜ》をひきますよ」

おもんは嬉しそうに言いながら、伝兵衛に布団を掛けてやると、傍《かたわ》らに置いていた仕込み刀に目を向け、手を伸ばした。

「薪《まき》を持ち歩くなんて、この人、大丈夫かしら」

くすりと笑い、不思議そうに薪を眺めた。


どれほど眠ったのだろうか。

伝兵衛は、頬に滴《したた》った水で目を覚ました。同時に、強烈な臭いが鼻を突く。暗い部屋の中に、いびきが響いている。

汗と垢《あか》の臭いに顔をしかめて、伝兵衛が起き上がると、そこはおもんの宿ではなかった。狭い部屋の中に、大勢の人が並んで眠っている。

外は雨が降っているらしく、頬に落ちた水は雨漏りのものだと気付く。

何が何だか分からない伝兵衛は、悪い酒に酔って夢を見ているのかと思ったが、荒々しく戸が開けられたことで、現実と知らされた。

「おい！　仕事だ、起きろ！」

怒鳴り声に顔を向けると、龕灯《がんどう》の灯りが当てられた。眩《まぶ》しさに目をそらす伝兵衛の耳に、

「新入りはあのじじいか」

という声が聞こえる。

「へい、仕込み刀を持っていたらしいですぜ」

「気にすることはねえ。どうせすぐくたばるさ」

男たちがそう言うと、いつまで寝てやがる、と怒鳴り、全員が外に出された。

伝兵衛が出ようとすると呼び留められ、顔に龕灯の灯りが向けられる。目つきの悪い男が顔を近づけ、伝兵衛に紙を見せた。例の手配書が、ここにも回っていたのだ。

「爺さん、おめえ何やらかした」

「憶えておらん」

「惚《とぼ》けるなって。おおかた、江戸を荒らした盗賊だろう。ええ、でなきゃ、箱根の関所を破ろうとするはずはねえんだ。どうだい爺さん、盗み貯めた金を半分よこすなら、ここから逃がしてやるぜ」

「止めておけ、沢蔵《さわぞう》。そのじじいは、おもん姐《ねえ》さんに雇ってくれと言ったんだぜ。逃げ疲れてもうろくしたに決まってら」

「けっ、つまらねえじじいだ。さっさと出やがれ」

沢蔵に足を蹴られ、外に押し出された伝兵衛は、目の前の景色に驚いた。小雨の降る中で火が焚かれ、かけられた大鍋からよそわれる食い物をもらうために行列ができている。

並ぶ者は皆、髪がぼさぼさに伸び、着ているものはぼろ。中には、ほとんどふんどしだけの者もいる。

「急がねえと、食いはぐれるぜ」

沢蔵が言い、仲間と共に去ると、列から外れていた者を痛めつけた。

「爺さん、こっちにきな」

若い男に誘われて、伝兵衛は間に入れてもらった。

これを持って、と渡されたのは、粗末な木の器と箸《はし》。並んで入れてもらったのは、糊《のり》のようにどろどろの粥《かゆ》だ。

若者が、ずるずると粥をすすり、これじゃ死んじまうと不平を言う。

「お若いの、ここは何じゃ。罪人が送られる場所か」

「そんなんじゃねえだよ。ここはな、もっと恐ろしい所だ。一度入ったら、生きて出ることができねえんだ」

おらは騙されて送られた、と悔しがる若者は、杉作《すぎさく》と名乗り、農家の三男だという。地主から、良い金になる仕事があると誘われて、五年の年季で働きに出ていた。

「おらが家を出たら口減らしにもなるし、儲《もう》けた金でおっとうとおっかあに楽させてやろうと思うただが、とんでもねえ話だ。毎日朝から晩まで働かされて、飯もろくに食わせてもらえねえだよ」

「ここにいるみんなが、そうなのかい」

「ほとんどの者がそうだと聞いたが、中には、本当に罪を犯した者もいるらしい。爺さんも、その口だろう」

「わしは、旅をしていて宿に泊まったんじゃが、酒に酔うて目を覚ましたら、ここにいたんじゃ」

「もしかして、宿の女将はおもんと言わなかったかい」

「その名じゃよ。知っておるのか」

「あの御浪人も、爺さんとおんなじ目に遭ったらしい」

杉作は、一人離れて粥をすする中年の男を指差す。もう長いのか、袴《はかま》は着けておらず、端折《はしょ》った着物も、所々が破れている。杉作が、聞いた話だと教えてくれたのは、伝兵衛が泊まった宿の女将は、訳ありで街道から外れて来る者たちを引き留め、酔わせたのちに、ここを支配する者に引き渡すらしい。

「つまり爺さん、あんたは女将に騙されて売られたってわけだ」

「なるほどのう」

言われてみれば、あの濁酒の酔いの回り方は尋常《じんじょう》ではなかった。おそらく、眠り薬でも仕込まれていたに違いない。

「おい、飯が終わった者から仕事にかかれ。もたもたするんじゃない！」

腰に長どすを落としている人相の悪い男が言うと、監視に立つ男たちが睨みを利《き》かす中、大勢の男たちが仕事に向かう。

「おいお前、じじいに仕事を教えてやれ」

命じられた杉作の案内で、伝兵衛は、山の岩肌に開けられた穴から中に入って行く。

蠟燭《ろうそく》の薄暗い灯りを頼りに奥へ行くと、先に入った者は作業をはじめていた。

「することは簡単だ、爺さん。皆と一緒に石を切り出すだけだ。奴らの目が厳しく光っているで、要領よくやるだよ。怠《なま》けると棒で打たれるで、気をつけな」

道具を渡された伝兵衛は、逃げる気になればわけもないことなのだが、このように酷《むご》いことをするのが誰なのか知りたくなり、様子を見ることにした。

隠し刀を持っていた伝兵衛は、密かに見張られていて、作業をする姿に、絶《た》えることなく白い眼が向けられている。

その気配を背中に感じつつ、石を切る手伝いをしている伝兵衛は、作業をしていくうちに、ここが何であるか覚《さと》った。田圃《たんぼ》と畑の土しか知らぬ杉作たちは、川の氾濫《はんらん》を防ぐための堤《つつみ》を築く石だと教えられ、それを信じている。

だが、この良質の石は、城や武家屋敷の石垣に見られる物。堤に埋める物より高値で売れるはずだ。

人を山に縛りつけ、粗末な食事をあたえて死ぬまで働かせているということは、人《にん》足《そく》代をそのまま儲けにしているはず。

伝兵衛は、自分の名前すら忘れているのに、こういう時の勘は鋭い。人足たちの血と汗の上であぐらをかき、大儲けをしている者がいるのだ。

御庭番の記憶を失っていない伝兵衛であれば、探りをいれる手段を考えるであろうが、今はその考えが起こらない。仕方なく命じられるまま道具を振るい、黙って作業をした。

今日は終わりだと言われ、杉作と共に外に出た時には、とっぷりと日が暮れていた。仕事はかなりきつく、今日一日で三人も倒れる者が出ていたのだが、夕食の列に並ぶ男たちの口から、そのことが語られることはない。僅《わず》かな朝飯と水だけで重労働をさせられて、喋《しゃべ》る元気も気力も残っていないのだ。目の前にある食い物にむさぼりつき、泥《どろ》のように眠る。これが、ここで働かされる者たちの一日である。

伝兵衛は、皆が眠ると、小屋の板壁の隙間から外を覗き見た。真っ暗で何も見えないが、入り口の戸には外から閂《かんぬき》がかけられているため、夜中に逃げ出す者はいない。

「妙な気を起こすなよ、じじい」

押し殺した声に振り向くと、座っている人影があり、こちらを見ている気配がある。

伝兵衛が黙っていると、男が言った。

「一人でも逃げたら、この小屋の者全員が罰を受けて三日も飯抜きになる。外は誰もいないように見えるが、谷の出口は空堀があり、橋を渡らねばならぬ。そこまで行けても、番犬に食い殺されるのが関の山だ。これまで一人も、逃げられた者はいないからな」

「なんとも、恐ろしいことじゃ」

「分かったら早く寝ろ。明日もきついぞ」

人影が横になると、寝返りをうつ者が何人かいた。先ほどまで聞こえていたいびきも止まっていて、皆、伝兵衛のことを探っている様子がある。

「やれやれ」

伝兵衛はため息交じりに言うと、冷たく硬い寝床に横になった。

うとうとしているうちに朝がきて、昨日と同じように粗末な粥を流し込み、穴に入る。

作業をはじめて数刻が過ぎたであろう時に、

「ご勘弁を、ご勘弁を」

薄暗い穴に、悲鳴が響く。

掘り出した石を外に運んでいた人足が目まいを起こして倒れたのだが、見張りの男が、怠けるなと言って棒で打ち据《す》えたのだ。

監視の目があるため振り向いて見ることも許されず、人足たちは黙って作業を続けている。背を打たれた人足は、落とした石を背負《せお》うと、外に運び出した。

すると、人足たちの間に安堵《あんど》の息が漏れたのに、伝兵衛は気付いた。外に運び出す役目の人足に石を背負わせながら、ああならないように気をつけろ、と声をかける者もいる。

だが、重い石を運び出す仕事は、僅かな飯と短い睡眠しかとれぬ者にとっては想像を絶する過酷《かこく》なもので、若い男でも悲鳴をあげる。それだけに、この作業には体格のいい若い男が選ばれていたが、劣悪《れつあく》な暮らしで体力も落ち、この日も、一人の若者が怪我をした。運び出す途中に足を滑《すべ》らせてしまい、転倒した際に岩の壁に頭をぶつけたのだ。

近くに倒れたので伝兵衛が駆けつけると、若者は、頭から血を流していた。

「大丈夫か、しっかりしなされ」

声をかけると、若者は辛そうに顔をしかめる。

舌打ちをした監視役の男が、

「じじい、仕事の手を休めるな」

と怒鳴ったが、伝兵衛は言い返した。

「手当てをしないと、死んでしまうぞ」

流血を見た監視役が苛立《いらだ》ち、

「邪魔だ、運び出せ」

畜生《ちくしょう》か物でも扱う口調で命じる。

伝兵衛は、怒りに拳を作ったものの、騒ぎを起こせば、同じ小屋の者が罰を受ける
という声を思いだし、ぐっと堪えた。

若者を背負った伝兵衛は、代わりに石を運ぶ杉作のあとについて出ると、外にいた
監視役が顎《あご》で指図した。

石置き場に石を下ろした杉作が、こっちだと言い、案内する。

怪我人を手当てする場所は、石切り場の出口から近かったが、小屋には医者がいるわけでもなく、僅かな薬しか置いていない。

若者は、額が切れていたが、幸いにも浅かった。倒れて運ばれた者が他にもいたが、その者たちは、水を与えられているだけで、辛そうな顔で寝ている。

「この山には、どれだけの人がいるのかのう」

「百や二百の数ではないと、聞いたことがあるだよ」

「それにしても、酷い所じゃ。このままじゃと、死人が出るぞ」

「おらもそう思うだよ」

杉作は、力のない声で言い、汗を拭う。

「顔色が悪いの。何処か辛いのか」

「おい、運んだらさっさと仕事に戻れ」

監視役の男が顔を覗かせて言う。伝兵衛は、外に出ようとした杉作の手を引っ張り、監視役に告げた。

「この若いのは病じゃ。流行《はや》り病じゃと、穴の中にいる者たちにうつってしまうぞ」

すると、監視役が眉をひそめる。

「そいつは本当か」

「悪い風邪なら、皆にうつれば作業どころではなくなるぞ」

「仮病じゃあるめえな」

疑いの目を向ける監視役の背後から、侍と商人風の男が現れると、気付いた監視役が、慌てて頭を下げた。

「何か問題か」

商人風の男が訊くと、監視役の男は、媚《こ》びた態度で事情を告げる。すると、商人風の男が伝兵衛を見て、侍と中に入ってきた。

ここを牛耳《ぎゅうじ》る者らしく、寝ていた者が、無理をして起き上がる。

「ああ、そのまま、そのまま」

商人風の男が言い、伝兵衛の側《そば》にきた。

「お前は、杉作だったね」

言われて、杉作が頭を下げる。

「家には、半年分の給金を届けておいたからね」

「ほ、本当でございますか」

「嘘を言ってどうするね。親御さんが随分《ずいぶん》喜んでいたそうだから、これからもがんばりなさい」

「はい、はい」

きちんと給金が出されていると知り、杉作は元気が出たらしく、何度も頭を下げて礼を言うと、仕事に戻った。

「じじい、お前も行け」

侍に睨まれて、伝兵衛は頭を下げると、杉作のあとを追って出た。馬の嘶《いなな》きがしたのでそちらを見ると、赤い房飾《ふさかざ》りをつけた馬に跨《またが》った侍の一行が、石切り場の橋を渡って来ていた。病人小屋から駆け出た商人と侍が、急いで迎えに行っている。

「杉作どん、ありゃ誰かね」

伝兵衛に訊かれて振り向いた杉作が、馬上の侍を見るなり目を丸くする。

「領主様だ。てえへんだ、こんなとこ見られたら、どんな罰を受けるか分かったもんじゃねえだ。爺さん、急げ」

伝兵衛は杉作に引っ張られて、穴の中に逃げ込んだ。表の監視役が気を取られていたので、伝兵衛は入り口に隠れて、様子を窺《うかが》う。

商人風の男と侍に迎えられた領主は、馬上から山を見回している。細い目の眼光は鋭く、口角を下げた顔つきは見るからに性根が悪そうだ。

――なんとも、人相の悪い領主じゃ

伝兵衛はそう思いつつ、穴の中に入った。

二

「ああ、寝られねえ」

同じ小屋にいる誰かが闇の中で苛立ちの声をあげた。

板壁に近い所で眠っている伝兵衛の耳にも、女たちの妖《あや》しげな声が聞こえている。領主が、山に籠《こも》りっきりで働く配下の者たちのために、女郎を連れてきているのだ。

こうした宴は、二月に一度はあるらしいのだが、家族と別れて、半《なか》ば売られたようにして働かされている男たちにとっては、地獄の仕打ちともいえよう。

女房に逢いたい、と言いだす者がいれば、先ほどの者のように、怒りだす者もいる。たまりかねて、目の前の男に抱きついて、殴られる者がいる。しかし、それはごく僅かで、ほとんどの者は、眠れないものの、大人しく横になっている。

そんな中で、伝兵衛の横にいる杉作は、隣村の娘に夜這《よば》いをかけたことを嬉しそうに語った。

仲間に背中を押され、勇気をふりしぼって行くことになった相手の娘は、村でも評判の美人だという。二人は一度だけ言葉を交わしたことがあったが、娘の親は地主で、帯刀を許された人物。見つかれば命はないが、杉作いわく、死んでもいいと思えるほどの娘だ。

若さゆえの滾《たぎ》る力に突き動かされた杉作は、命がけで屋敷に忍び込み、月明かりもない中で、一時の快楽に酔った。

「あれは、生涯《しょうがい》忘れられねえ夜だな」

「それで、どうなったんだい」

いつの間にか、杉作の話に男たちが耳を傾けていた。

「もったいぶらずに教えてくれ。その晩から通ったんだろう」

「いや」

杉作が一度きりだというと、もったいねえというため息が漏れた。

「おらのような百姓《ひゃくしょう》には、どうにもなるもんじゃねえ」

娘は確かに、杉作がその気になれば受け入れたであろうが、二人は手を握ったまま、朝方近くまで一つの布団で過ごしただけだという。そして、その夜から三日後に、娘は、親が決めた相手に嫁《とつ》いで行った。

それを聞いて、小屋の中が静まりかえる。

外から聞こえる声が下品に思えたのは伝兵衛だけではないようで、

「うるせえなあ、耳に毒だ!」

誰かが叫んだ。

小屋の声が聞こえるはずもなく、監視役の男たちは、酒をくらい、男の扱いに慣れた女を抱き、大騒ぎをしている。

その頃、麓《ふもと》の村にある庄屋、築左衛門《ちくざえもん》の屋敷では、領主、真下大和守安武《ましたやまとのかみやすたけ》が、石材屋、山田屋久三《やまだやきゅうぞう》と、石切り場を仕切る五郎兵衛《ごろべえ》を交えて、酒盛りをしている。

真下大和守は、将軍家直参《じきさん》旗本で、掛川藩の領地と信州にある天領との間に、五千石の領地を賜《たまわ》る。旗本といえば江戸定府《じょうふ》の家が多いが、交代寄合である真下家は、参勤交代が許され、信州の本領に陣屋を構えている。

この山深い村は五百石にも満たぬ飛び地のため、普段の統治は庄屋の築左衛門に任せている。しかし、ここ数年、真下は領地に帰るたびに、この村には必ず来る。一年を江戸で過ごさねばならぬため、今日は一年ぶりに訪れたというわけで、真下は上機嫌だ。

もちろん理由は、一年ぶりに築左衛門の顔を見たからではなく、隣の部屋に千両箱が置かれているからだ。

「久三、儲かっているようじゃのう」

「はい。年々、客が増えてございます。今年は、上方にも店を構えました」

「良い物を安く売るというので、江戸では評判になっておる。上方の石屋も、慌てるであろうな」

「これも、質の良い石が採《と》れる山のおかげでございます」

「ぬけぬけと申すな。ただ同然で人足を働かせておるからではないか」

「人聞きの悪いことを」

「ふっふっふ、まあよい。この調子で儲けてくれ。近頃は、色々と金が要《い》るからのう」

「お任せください。さ、どうぞ」

久三の酌を受けながら、真下は庄屋の築左衛門に訊く。

「宿場に怪しい者は来ておらぬか」

「と、申されますと」

「うむ。江戸の石屋に、わしの領地から出す石が安すぎることに疑念を抱く者がおるらしいのじゃ。江戸の屋敷に目付が来よった。世のために儲けなしで出していると、その場はしのいだが、目付を侮《あなど》ることはできぬ。探索の手が伸びるやもしれぬので、油断するなよ」

「御心配なく。宿場に入る者は、おもんが目を光らせておりますので」

「おもんの、人を見る目はたしかじゃ。相変わらず、訳ありの者を騙して金儲けしておるのか」

「はい。先日も、箱根の関所破りに失敗して手配が回っていた男を捕らえて、売りに参りました」

「関所破りか。その者、人足に使えそうなのか」

真下に問われて、簗左衛門は五郎兵衛に顔を向けた。

「頭、どうなのだ?」

「へい」五郎兵衛が盃を置き、真下の前に膝を進めた。「少々年をとっておりますが、まだまだ使えやす。そのじじいが、このような物を持っておりやした」

五郎兵衛が、布に包んでいた仕込み刀を出し、真下に差し出す。

「何じゃ、この薪は」

「仕込み刀でござんす。なかなかの物と思いましたので、殿様に見ていただこうかと」

無類の愛刀家である真下は、数々の名刀を所持している。そのことを知っている五郎兵衛が、機嫌取りに差し出したのだ。

伝兵衛の隠し刀を抜刀した真下は、見事な刀身に目を輝かせている。

「これは、なかなかのものじゃ」

柄を外し、茎を調べたが、何も刻まれていなかった。銘にこだわる真下は、これにはがっかりし、

「つまらん」

放り投げた。

「お気にめしませぬか」

「この程度の物、わしの刀に比べれば安物じゃ。お前が持っておれ」

「はは、では」

銘がなくとも、伝兵衛の持っている刀は虎徹《こてつ》だ。切れ味を試していた五郎兵衛は、喜んで受け取り、さっそく腰に落とした。

それを見て、真下が訝《いぶか》しむ。

「二本あるのか」

「はい」

「持っていたじじいは、小太刀《こだち》の二刀流を遣うのか」

「さあ、見たものは誰もいませんので」

五郎兵衛が言うと、真下は考える顔をする。

築左衛門が、心配そうな顔を向けた。

「真下様、我らは盗賊と見ておりますが、何か別に、思い当たることがございますか」

「うむ。江戸城西ノ丸に忍び込み、大御所様の側近と一戦交えた元御庭番の男が、小太刀の二刀流を遣うと聞いておる。死んだと聞いているが……」

「それはございますまい」

真下は、鋭い目で築左衛門を見た。

「何ゆえそう言いきれる」

「仕込み刀を持っておりましたので、五郎兵衛の手の者に油断なく見張らせておりますが、大人しゅう働いております。それに、おもんが言いますには、じじいは記憶を失っているようです」

「ますます怪しいのう」

「嘘をついているように思えぬと、おもんは申しておりますが」

「そうか。おもんがそう言うなら、間違いなかろう。じゃが、油断は禁物。そのじじいがまことの御庭番なら、相当な遣い手じゃ。誰ぞ、そのじじいと戦わせてみよ。そうすれば、はっきりする」

「なるほど」

五郎兵衛が、さすが真下様と言い、手を打った。それを横目に、久三が訊く。

「御庭番なら、いかがいたします」

「西ノ丸で騒動を起こした極悪人じゃ。わしがこの手で捕らえて、手柄にしてくれる」

「それはよろしゅうございますな」言った久三が、五郎兵衛に顔を向ける。「では五郎兵衛さん、腕の立つ者にやらせてください」

「こんな時のためにいいのを雇っておりやすんで、任せてください」

「うむ」

そこへ、久三の使用人が現れ、耳打ちをすると、頷いた久三が膝を転じた。

「真下様、良い娘がおりますが、御賞味なされますか」

「領地の者か」

「はい」

「いかがしたのじゃ」

「親兄弟が家を捨てて逃げたらしく、働き口を求めて宿場に来たそうです」

「田畑を捨てたと申すか」

「はい」

「何ゆえじゃ」

「それは、殿様が御存知ではございませぬか」

久三に言われて、真下は、睨むように笑う。

「もともと痩《や》せた土地じゃ。口が減って、残った村の者は喜んでおろう」

「はい」

「して、逃げた者はいかがした」

「はて、山犬にでも、襲われておらねばよろしいのですが」

「久三め、わしの領民を勝手にしおって」

口では咎《とが》めたが、顔は笑っている。真下は、四年前に領地替えで今の本領を賜ったのだが、痩せた土地のわりには領民が多く、毎年のように、年貢《ねんぐ》のことでもめている。一揆《いっき》を起こされたら、領地運営の不行届きと見なされ、公儀の心証が悪くなるばかりか、ここぞとばかりに、良質の石が採れるこの領地を奪われる。それを恐れた真下が思いついたのが、口減らしだ。家族を減らすのではなく、目を付けた家を丸ごと潰し、村の風通しを良くしようとしたのだ。

その悪しき副産物が、石切り場である。騙して連れてきた村の若い衆を、まるで家畜のように扱い、莫大な利益を上げている。

ここで得た金のほとんどは、真下の懐《ふところ》に入り、江戸での遊興費に流れて行く。石切り場の者たちが食うものも食えずに働かされている時に、真下は、吉原《よしわら》で大尽《だいじん》遊びをしているのだ。

その悪だくみで儲けている山田屋は、真下の機嫌を損ねぬよう必死である。先ほど、娘が自ら働き口を求めて来たと言ったが、怪しいものだ。

真下は、機嫌を取る久三の案内で廊下に出ると、別室で待たされている娘を隠れて見た。

「なかなか美しい娘じゃ」

「では、仕度《したく》をさせましょう」

「いや、よい。わしは若い娘に興味がない」

「よろしいのですか。滅多にいない上玉ですぞ」

「今宵《こよい》は、他に行くところがある」

「なるほど、おもんでございますね」

「男をどのように騙して売り飛ばしておるのか、確かめねばならぬゆえな。娘は、石切り場の手下どもを喜ばせてやれ」

「かしこまりました」

「わしはこのまま行く。明日を楽しみにしておるぞ」

真下はそう言うと、家臣も連れず、たった一人で庄屋の屋敷から出かけて行った。

ここに来た時はいつもそうなので、久三は、側に寄る築左衛門に言う。

「おもんはまったく凄い女だ。吉原では大尽の殿様を、虜《とりこ》にしてしまうのだからねえ」

「わたしも、一度でいいから相手にしてみたいものだ」

築左衛門が言うので、久三は驚いた。

「殿様に斬られるぞ」

言われた築左衛門が、戯言《ざれごと》だと笑う。

「で、あの娘、どうする」

「さすがに、山に連れて行くのは気が引ける。親を村から追い出したからねえ」

「では、わしにくれ。下働きをさせる」

「いいでしょう。庄屋さん、あんたに任せますよ」

久三は、簗左衛門の肩を叩くと、五郎兵衛がいる部屋に戻った。

三

この日は、朝から強い日差しが照りつけ、外は真夏のように暑かったが、伝兵衛がいる石切り場は、ひんやりとしている。中は埃《ほこり》に満ち、人足たちの臭気が強いのだが、人というものは不思議なもので、埃も臭いも気にならなくなる。だが、空腹はどうしようもない。

糊のような粥一杯では、仕事にかかって一刻もせぬうちに腹が減り、力が半減する。

記憶を失っている伝兵衛は、御庭番としての誇りも気位もなく、

「腹が減ったなあ」

声に出して、腹をさすりさすり、仕事をしている。

「爺さん、黙ってろよ。よけいに腹が減るじゃねえか」

小言を投げたのは、三吉《さんきち》というこそ泥だ。宿場を渡り歩き、客の財布を狙っていたのだが、おもんの宿に誘われたのが運のつき。色気と濁酒の罠にかかって、ここへ売

られていた。それでも、こそ泥魂というやつで、隙あらば逃げようとしていたらしいが、監視の目が厳しく、獰猛《どうもう》な番犬も恐ろしいというので、すっかり諦めている。

よいしょ、と声を出して石を持ち上げた三吉が、外へ運び出そうとしたのだが、入ってきた二人の監視役に頭を下げ、道を譲る。

「おい、新入りだ」

監視役の一人が言い、若い男の背中を押した。突き出された男を見て、杉作が目を見張る。

「田八《たはち》、おめえ田八じゃろ」

名前を呼ばれ、田八も驚く。

「杉作どん？」

「そうだ、杉作だ」

「生きていただか」

「ああ、生きているとも」

再会を喜ぶ二人に、監視役が怒鳴った。

「おい！　手を休めるな。さっさと仕事をしろ！」

杉作がすんませんと謝り、仕事を教えるのを買ってでると、許された。

「こっちだ、田八」

杉作は仕事を教えつつ、小声で訊く。

「なんでおめえがここに来た。百姓はどうするだ」

「望んで来たわけじゃねえ。捕まったんだ」

「捕まった？」

「んだ」

「何して捕まっただか」

「なんもしちゃいね。おら、おいねのあとを追って来ただよ」

妹の名を聞いて、杉作が息を呑んだ。

「おいねが、どうしただ」

「やっぱし、なんも知らねえだな」

田八は、声を潜《ひそ》めた。

教えたのは、家族のことだ。

杉作の兄は、両親だけを連れて村から逃げ、まだ十五になったばかりのおいねは、親戚《しんせき》の世話になれと言って置き去りにされていた。あてもない過酷な旅で、妹を危ないめに遭わせたくないと兄は思ったのだろう。しかし、頼れと言われた親戚を訪ねたおいねであったが、その家も貧しく、受け入れてはくれなかった。途方にくれたおいねは、田八が止めるのも聞かずに、働く場を求めて村を出たという。

「おら心配で、ひょっとしたら宿場にいるんじゃねえかと思って捜しに来ただが、山田屋の久三にばったり会ったんで、文句を言っただ。そしたら、捕まっちまった」

杉作は混乱して、頭をかきむしった。

「どういうことだ。おらの給金は届けられているはずなのに、おっとうとおっかあ兄さはなんで、家を捨てただ」

「ばかこけ、金なんか届いちゃいねえ」

「えっ！」

絶句する杉作に、田八は言った。

「おめえたちは、久三に騙されたんじゃ。こったただところで働かされているなんて知らねえで、おめえのおっとうとおっかあは、おめえが年季の途中で逃げたと言われて、借金を背負わされただ。どうにもならなくなって、夜逃げしただよ」

「そ、そんな……」

愕然《がくぜん》とする杉作の手を、田八が引っ張る。

「ここから逃げて、おいねちゃんを助けに行くだよ」

「おいねは、何処にいるだ」

「久三が何処かに隠しているにちげえねえだよ。早く助けてやらないと」

「無理だ。来る時見ただろう。おらたちだけで、逃げられるわけねえ」

「こんな所で働かされるくれえなら、死んだほうがましじゃ。死ぬ気になりゃ、逃げられるかもしれねえ」

そう言って立ち上がろうとした田八を制するように、伝兵衛が大声をあげた。

「ああもう、やっとれんわい!」

二人の話を聞いていた伝兵衛は、黙って働くのが馬鹿らしくなった、と言いながら、監視役の男の前に歩み寄る。

「じじい、何してやがる」

「お若いの。そう言わずに、何か食わしてくれんかの。腹が減ってはなんとやらと言うではないか。糊のような粥一杯では、力が出んぞ」

「てめえ誰に言ってやがる」

「お前さんじゃ。他に誰がおる」

「この野郎!」

監視役が棒で打とうとしたのをするりとかわし、腰に下げていた袋を取った。袋の中身は、監視役の握り飯が入っている。

「て、てめえ」

監視役が棒を振るったのをかわし、背中を押してやると、勢い余った監視役が石の壁にぶつかった。顔を打ちつけて悶絶《もんぜつ》する監視役の尻を蹴り上げ、伝兵衛は袋の中の握り飯を出して頰張る。

「うぅん、旨い」

目を閉じて満足げに言う伝兵衛に、呆気《あっけ》にとられていたもう一人の監視役が我に返り、殴りかかった。だが、伝兵衛は涼しげな顔で拳をかわし、その男の腰からも握り飯を奪った。

「あっ、てめえ」

驚く監視役を無視して、伝兵衛は杉作に袋を投げ渡す。

「食え。旨いぞ」

平然と言う伝兵衛に恐れをなした監視役が、仲間を呼びに外へ走る。

握り飯を一つ食べ、残りを他の者に渡した伝兵衛は、

「さて、やるか」

などと言い、仕事に戻る。その振る舞いに、田八も、他の人足たちも呆然としてい

る。

「うはは、こいつはいいや。爺さん、あんたすげえな。おいら、すかっとしたぜ」

喜んだのは、三吉だ。石を落として、握り飯にかじりつき、うめえと言って笑顔を見せると、急いで歩み寄る。

「爺さん、あんたがいたら怖いもんなしだ。五両やるから、おいらと一緒に逃げてくれ」

「怠けておると、棒で打たれるぞ」

伝兵衛は、相手にしない様子で言い、座って仕事を続けている。三吉が、頼むと言って追いすがろうとした時、監視役の者たちが大勢やってきたので、慌てて離れた。

「あいつだ兄貴、あのじじいだ！」

監視役が指差すと、兄貴と呼ばれた男が伝兵衛を睨む。

「じじい、外に出ろ」

低く落ち着いた声で言うが、伝兵衛は、知らん顔で仕事を続けている。

「じじい！　聞こえねえのか！」

「外に出たら、飯を食わせてくれるのか」

「な、なんだと」

「わしらは、力仕事をしておるんじゃ。飯ぐらい、腹一杯食わせろ。今までの給金も払うてもらおうかの」

「て、てめえ」

兄貴分は刀を抜き、切っ先を伝兵衛に向けた。

「なめたことぬかしやがると、たたっ斬るぞ」

「そう言わずに、飯を食わせてくれ。わしゃ、腹が減ってかなわんのじゃ」

「黙れ！　外へ出ろ！」

「やれやれ」

伝兵衛は、ため息を吐き、ゆっくりと立ち上がった。

兄貴分が、伝兵衛の背中に切っ先を向ける。

「道具を置け、妙な真似《まね》をすれ――」

言い終えぬうちに伝兵衛が振り向いたのだが、その時にはもう、兄貴分の刀は折れていた。伝兵衛が振り向きざまに金槌《かなづち》を振るい、切っ先を飛ばしたのだ。

兄貴分が、目を丸くして刀を見ている。

「このやろ！」

短くなった刀で斬りかかったが、金槌で股間《こかん》を叩かれ、ぎゃっ、と短い悲鳴をあげて刀を落とし、両手で股間を押さえてうずくまり、声も出せずに悶絶している。

子分たちが襲いかかろうとしたが、あの中年の浪人が伝兵衛と並び、それに応じて、人足たちが立ち向かう構えを見せたので、子分たちは怯《ひる》んだ。

「あ、兄貴」

「ばか、ばか」

兄貴分は声も絶え絶えに腕を振り、外に逃げろと言っている。

子分たちは兄貴分の両脇を抱えて、外に逃げた。

「この勢いで逃げるぞ！」

三吉が叫ぶや、人足たちは怒号をあげ、一斉に外を目指した。伝兵衛も流れに乗り、外に出ると、堀に架かる橋を目指した。

「何ごとだ！」

五郎兵衛の留守《るす》を守っていた男が、人足たちを逃がすなと叫ぶ。

抜刀した男たちが集まり、番犬を放した。

犬に嚙まれた人足たちが悲鳴をあげ、棒や鍬《すき》を持った人足が助けに行く。その者たちに向かって、刀を振りかざして監視役たちが襲いかからんと走ってきたが、棍棒《こんぼう》を持って前に出た伝兵衛が、一人で大勢を相手にし、ことごとく打ち倒した。

「行け！　逃げろ！」

暴徒と化した人足たちが橋に向かって走ったが、小屋の角を曲がった時、鉄砲の轟音が響き、全員が立ち止まる。行く手には、馬に跨る真下と、その家来たちが立ち塞《ふさ》がっていた。折悪しく、宿場から到着していたのだ。

再び鉄砲が撃たれ、

「武器を捨ててひざまずけ！」

侍に怒鳴られるや、完全に戦意を削《そ》がれた人足たちが、命令に従った。

伝兵衛は棒を持ったまま立ち、真下たちを見ている。監視役の男たちが囲むと、伝兵衛は棒を一振りした。おお、と声をあげて、監視役たちが恐れて跳び退《の》く。

「殿様、あのじいです」

五郎兵衛が馬の下に駆け寄って教えると、真下は、伝兵衛を睨んだまま家来に手を伸ばした。

その手に、家来が鉄砲を差し出す。

馬上で構えて狙いを定めるや、引金を引いた。轟音が響くが、伝兵衛は微動だにせず立ち、真下を睨む。その頬に、血が滲《にじ》んだ。

真下は、不敵な笑みを浮かべる。

「なるほど、良い面構《つらがま》えじゃ」

「先生、相手はあのじじいですぜ」

五郎兵衛が言うと、用心棒がおうと応じて前に出た。それを、真下が止める。

「やめておけ、お前などに勝てる相手ではない」

「むっ」

不服そうな顔をする用心棒に下がれと命じる真下は、伝兵衛が御庭番と確信しているのだ。

「おい、じじい。貴様の名は」

真下に訊かれたが、伝兵衛は答えない。

「ふん、まあよい。大人しく縛《ばく》につかぬと、村の者が死ぬることになるぞ」

真下が言うと、伝兵衛に向けて鉄砲を構えた家来たちが、人足たちに狙いを変えた。

「爺さん、武器を捨てろ。頼む」

三吉が声を震わせて頼むので、伝兵衛は長い息を吐き、棒を捨てた。

「それ！」

一斉に監視役たちが飛びかかり、押し倒すと、伝兵衛の身体を縄でぐるぐる巻きにする。

その荒々しさに舌打ちをする伝兵衛だったが、

「痛い。年寄りをいたわらぬか」

などと小言をたれる余裕がある。

それを見ていた真下が、目を輝かせた。

「間違いない。こいつは本物だ。わしは大手柄をあげたぞ。庄屋の屋敷へひったてい」

勝ち誇って大笑いをすると、馬を転じて、意気揚々と引き揚げた。

四

庄屋の庭に召し出された伝兵衛は、罪人扱いされて白州《しらす》に座らされた。

襷《たすき》がけをした侍が両脇に控え、睨みを利かせている。

「水をくれんかの」

伝兵衛が気軽に頼んだのが気にいらぬのか、侍は目力を増して睨む。

それを見ていた五郎兵衛がにやけると、桶の水を柄杓《ひしゃく》ですくい、伝兵衛の前に歩み寄った。

「ほらよ」

伝兵衛は目の前に差し出された水を飲もうとしたが、五郎兵衛は柄杓を離し、頭からかけた。

「年寄り臭せえからよ、顔を洗えや」

その姿に、伝兵衛に痛めつけられた手下どもが、ざまあみろと笑う。

伝兵衛は、五郎兵衛に笑みを向けて言う。

「もう一杯、くれんかの」

途端に、五郎兵衛が真顔になった。

「いいともよ。おう、盥《たらい》を持ってこい」

子分に命じると、水を張った盥を伝兵衛の前に置いた。

「ほらよ、自分で飲めや」

子分が言うのに笑みで礼を言った伝兵衛は、縄で縛られた身体を丸めて、直接口を持って行く。

すかさず、五郎兵衛が後ろから頭を押さえた。

「たっぷり飲ませてやらあ」

伝兵衛の顔を水に沈めようと力を入れたが、五郎兵衛の力では動かない。口を尖《とが》らせた伝兵衛は、平然とした顔で水を吸っている。

「こ、このやろ」

五郎兵衛が力を込めたが、逆に押し返された。

「ああ、よう飲んだわい」

が満足そうに言う伝兵衛。

呆気にとられた五郎兵衛は、そら恐ろしくなり、伝兵衛から離れた。

程なく真下が座敷に現れ、何ごとかと問われたので、五郎兵衛はなんでもありませんと言って盥を持ち、白州の脇へ下がった。

真下は、伝兵衛を見下ろす場所に座った。その下座にいた庄屋の築左衛門が、立ち上がって廊下に出ると、伝兵衛に告げる。

「これより吟味《ぎんみ》する。嘘をつくとためにならぬことを、初めに言うておくぞ」

「………」

「返事をせい！」

家来が寄り棒を胸に当て、顎をぐいっと持ち上げる。

伝兵衛がじろりと睨むと、家来がぎょっとして、背を打とうとしたが、真下が止めた。

「おおかた見当はついておるが、念のために問う。貴様は、江戸城西ノ丸に忍び込み、櫓《やぐら》を吹き飛ばした大悪党の御庭番であろう。元御庭番、と言うたほうが正しいか。どうじゃ、違うか」

勝ち誇ったように言う真下の顔があほ面に見えてきた伝兵衛であるが、西ノ丸、櫓、の言葉に、目がぐらぐらと回りはじめ、頭を振った。

「違うのか」

と、真下は顎を突き出す。

「それはわしが訊きたい。わしは、熊に襲われて皆忘れてしもうたのじゃ」

「なんじゃと！」

真下が妙に高い声をあげて立ち上がり、廊下に歩み出た。

「まことに、何も憶えておらんのか」

「んだ」

「んだ、じゃと……」

御庭番とは思えぬ仕草言動に、真下は戸惑いを隠せない。

「わしが御庭番と言うなら、名前を教えてくれ、何か思い出すかもしれん」

真下は、返答に窮《きゅう》した。旗本とはいえ、将軍家の影、ともいうべき御庭番衆の実態を知るはずもなく、その内の一人にすぎぬ伝兵衛の名を知っているわけはない。

「殿様、教えてくれ」

伝兵衛に急《せ》かされて、真下は開き直る。

「ええい、名などどうでもよい。貴様を大御所様の前に突き出せば分かることじゃ。吟味は終わりじゃ。牢にぶち込んでおけ！」

大声を張り上げると、奥へ引っ込んでしまった。

「なんじゃ、知らんのかい」

伝兵衛は残念そうにため息を吐いたが、縄をうたれている身体を二人に抱えられて立たされると、別棟に連れて行かれた。

「入れ」

牢屋には他に人影は見えなかったが、伝兵衛は入る前に隣の牢屋をちらりと見た。

薄暗い牢屋に押し込まれ、そこで縄を解かれた。

伝兵衛が痛む手首を揉むために前に出すと、それだけで侍がびくついた。

「下がれ、壁まで下がっておれ」

伝兵衛が従うと、侍は同輩に牢の戸を開けさせて、さっと外に出た。鍵を閉めると、安堵して胸を張り、偉そうにする。

「わしゃ獣か」

伝兵衛が言い、格子に歩み寄ると、侍たちがまた下がる。

「お侍、何か食い物をくれ、このとおりじゃ」

手を合わせて頼むと、

「大人しゅうしておれば、後で持って来てやる」

侍が言うので、伝兵衛はへえいと答えて、後ろに下がった。

侍たちは、同輩と安堵したような息を吐くと、外へ出て行った。

一息ついた伝兵衛は、見張りの目など気にせず屁《へ》をこくと、板の間に横になり、目を閉じて休んだ。

程なく番人が外の持ち場に戻ると、伝兵衛はすぐに起き上がり、格子に近づく。

「もし、もし、そこにおるのは、おいねさんかね」

小声で言うと、隣から衣擦《きぬず》れの音がした。伝兵衛は、ここへ連れてこられた時に、奥にある人の気配に気付いていたのだ。

「誰ですか」

「わしは、自分の名も分からぬじじいじゃ。掛川の味噌問屋では、豆吉と呼ばれておった」

「どうして、おらの名を知っているだか」

「やっぱりおいねさんか。わしはな、さっきまで、杉作と一緒におったんじゃ」

「兄さと?」

「んだ。兄さは、逃げてなんかいねえぞ。久三やここの殿様に騙されて、石切り場で働かされておったんじゃ」

「兄さは今、どうしてるだ。爺様のように、兄さもひでえめに遭わされてるだか」

「兄さは大丈夫だ。わし一人が捕まったでな。それより、おまえさんのほうこそ大丈夫かね」

「なんともねえだ。おら、ここで下働きするのがいやで逃げようとして、捕まっただよ」

「それならいい。わしが助け出してやるで、今は辛抱《しんぼう》しろ」

「兄さと会えるだか」

「会わせてやるとも」

人の気配がしたので、しっ、と口で言い、おいねから離れて座った。

牢番の中年男が来ると、

「おう、飯だ」

大仰な態度で言い、牢の外に荒々しく置く。隣のおいねの所に行くと、鍵を開ける音がして、中に入れてやったようだ。

戻って来た男が、伝兵衛を一瞥《いちべつ》すると、出て行った。

置かれているのは、握り飯二つと漬物と水だけ。それでも、石切り場に比べれば御《ご》馳走《ちそう》だ。

伝兵衛は格子から手を伸ばして取ると、味わって食べた。

隣から鼻をすする音がしたので、伝兵衛は食べるのを止めて訊く。

「辛かろうが、しっかり食べなよ」

「おっかあたちは、ちゃんと食べているだか。それが気になって」

「話は、田八から聞いた」

「えっ、田八さんに」

「おまえさんを捜しに来て、久三に捕まった。今は杉作と一緒におる」

「そんな、おらなんかのために」

「杉作も田八も、いい若者じゃゃ。おいねさんは一人じゃない。しっかり食べて、元気でいなきゃだめだ。このじじいが必ず皆を助けるから、待っていなよ」

「はい、はい」

伝兵衛に励まされて、おいねは涙を拭うと、握り飯を食べた。髪を一つに束《たば》ねた乙女《おとめ》の姿は見えずとも、伝兵衛は、なんだか懐かしい気持ちになっていた。記憶を失っているが、おいねの若々しい声に、無意識のうちに恩人に預けられた娘であるおようの面影《おもかげ》を感じているのだ。

頭の中に、うっすらと若い娘の影が浮かんだ伝兵衛は、思い出そうとして頭が痛くなり、目頭を押さえて首を横に振った。

五

翌日、宿場の酒場では、石切り場から戻った五郎兵衛の手下三人が酒盛りをしていたのだが、三人とも怪我をしている。伝兵衛に棍棒で打たれたせいで、額に大きな瘤《こぶ》ができている男は、そっと触り、痛みに顔をしかめた。

「あのじじいめ」

「そう怒るな。奴のお陰で今日一日暇をもらえたんだ」

言った仲間の男は、腕を怪我している。

「酒を呑め。酔えば痛みなど忘れる」

そう言うと、赤黒く腫れた瘤をさすっている仲間に酒を注いでやり、それにしても、と切りだす。

「あのじじい、怖ろしく強《つ》ええ野郎だったな。あんなの初めて見たぞ。鉄砲がなきゃ、今頃どうなっていただろうな」

「そりゃおめえ、殿様だってやられていただろうよ」

「しい、大きな声で言うな。殿様の御家来衆の耳に入るぜ」

「何処にいるんだよう、そんな奴」

見回した男が、目を留めた。広い板の間の隅に置かれた古い屏風の前に、男が一人、酒を呑んでいたのだ。

長い髪を頬まで垂らしているので、横からは表情がうかがえぬ。だが、黒い外衣を羽織《はお》ったままの姿は、薄暗い部屋の中では不気味に見える。

「心配ねえ、旅の者だ」

男が声を潜めて言うと、酒をあおった。

それでも、三人の話題は自然に、伝兵衛からそれた。賭博《とばく》のことや、女郎がどうのと言っているうちに、酒も入って声が大きくなる。

あとから来た二人が、部屋の隅にいる男など気にもせずに三人の輪に加わると、額に瘤をつくった男が立ち上がり、柱に向けて小柄を投げた。貼られていた紙に小柄が突き刺さると、

「へん、ざまあみやがれってんだ」

男が指差し、怨《うら》みを込めて言う。

「あのじじいも、何をして逃げて来たのか知らねえが、おもん姐さんに騙されたのが運のつきよ」

「まったくだ」

男たちはしばらく騒いでいたが、一人が賭場に誘うと、明日からまた山暮らしだから女の方がいいということになり、飯盛女を買いに出て行った。

一人静かに酒を呑んでいた男は、勘定を置いて立ち上がる。黒い外衣の下からは、朱色の鞘が見えた。

「どうも、ありがとうございました」

店の者とも目を合わせようとしない男は、五郎兵衛の手下が小柄を投げた柱を一瞥すると、店から出た。

手下の小柄が貫いたのは、手配書に描かれた伝兵衛の顔だ。

外に出た男は、唇に薄笑いを浮かべ、宿場の道を歩む。そして、宿屋の前にいた男に声をかけた。

「おもんさんですか。それなら、この道を少しお戻りになってください。一番端の宿がそうです」

丁寧《ていねい》に教えられても礼も言わぬ男は、踵《きびす》を返しておもんの宿に向かった。

その背中に訝しげな目を向けて、宿の者が言う。

「気味の悪いお人だ」

教えられた宿の前に立った男は、腰高障子《こしだかしょうじ》を叩いた。

「はあい」

女の明るい声がして戸が開けられると、

「宿を頼む」

低く、落ち着いた声で言う。

厚化粧《あつげしょう》をしたおもんは、

「まあ嬉しい。五日ぶりのお客さんです」

白々しく言いながら、迎え入れた。

中に入る男の後《うし》ろ姿に値踏《ねぶ》みする目を向けたおもんは、金儲けにはならないと瞬時に見抜き、色気のある表情に変わった。身震いするような恐ろしさを秘めた男に惹《ひ》かれ、目的を身体に変えたのだ。

赤い唇を舐《な》めると、男をたっぷりともてなすために戸を閉め、まだ黄昏《たそがれ》時だというのに心張棒《しんばりぼう》をかけた。

「すぐにお酒の用意をしますから」

言って振り向いたおもんの首を、男が鷲掴《わしづか》みにすると、奥へ連れて行き、柱に押し付けた。

男は、苦しむおもんに顔を近づける。

「一度しか訊かぬ。正直に言えば、命は助けてやろう」

おもんが頷くと、手の力を弱めた。膝をついて咳込《せきこ》むおもんの鼻先に、男が紙を差し出す。

「この男は何処にいる」

伝兵衛の手配書を見せられて、おもんは息を呑んだ。

白《しら》を切ることが通用する男ではない。

かといって、本当のことを言えば、真下が危ない。頭の良いおもんは、あることを思いついた。

「こ、この前の道を上った山の中にある石切り場で、働かされています」

男は、おもんの表情を見ている。冷徹《れいてつ》な眼差しに、震えが止まらなくなった。

「う、うそじゃ、ありません」

そう言い終えた時には、男は外衣をひるがえして戸口に向かっていた。

あまりの恐ろしさに腰が抜けたおもんは、ずるずると柱の下に崩れ落ち、放心した。

ふと、我に返ったおもんは、這うようにして戸口へ行くと、外の様子を窺った。道の先に、去って行く男の後ろ姿を見るや、胸を押さえて安堵の息を吐いた。そして、白い目を男に向けて、鼻で笑う。

「ばかだね、まんまと騙されて。あそこへ行ったら最後、生きちゃ出られないよ」

そう強がってみたものの、不安は完全に拭えない。おもんは、真下に守ってもらうべく、庄屋の屋敷へ急いだ。

石切り場に到着した男は、足を止めることなく、堀に架けられた橋を渡った。

橋の向こうに繋がれている番犬が侵入者に気付き、火がついたように吠《ほ》えはじめた。

すぐに見張り役の者たちが集まり、橋を渡る男を怒鳴った。

「誰だ、てめえは」

男は答えず、橋を渡り切った。犬たちが襲いかかったが、男が外衣をひるがえしたと思うや、犬たちは地べたに叩きつけられ、尻尾《しっぽ》を巻いて逃げた。男の手には、赤い鞘の刀が握られている。犬たちは、その刀で打たれたのだ。

獰猛《どうもう》な番犬を一撃で黙らせた男に、見張り役たちはたじろいだ。刀を持っていても抜けず、男が歩めば、見張り役たちも下がる。

「な、何しにきやがった」

昨日伝兵衛とやりあった兄貴分が訊くと、男は、懐から手配書を出して見せる。

「この男がここにいると聞いて来た。会わせてもらおう」

目を細めて近づいた兄貴分が、伝兵衛のことだと分かると、男を見上げる。

「こいつなら、石切り場にいるぜ」

「案内いたせ」

「じ、自分で行きねえ。すぐそこだ」

顎を振って山を示すと、道を空けた。

男が、見張り役たちの間に歩みを進めると、

「やっちまえ！」

兄貴分が言うや、抜刀して一斉にかかった。

だが、抜き手も見せずに抜刀した男が、最初に斬りかかった者の腕を切断し、次の者に襲いかかるや、腹を斬り抜け、その先にいる者の刃をかわし、行き違いざまに背を斬る。

これは、一陣の風が吹き抜けるがごとく一瞬のことで、立ち止まった男が刀を赤い鞘に納めた時には、兄貴分しか残っていなかった。

「ひ、ひぃい」

悲鳴をあげた兄貴分は尻もちをつき、来るな、来るなと言いながら、必死に刀を振っている。

騒ぎに気付いた他の者が、石切り場に声をかけて仲間を集めて来た。

兄貴分を守るべく、男の左右から斬りかかる。だが、それもまた、またたく間に倒されてしまった。いよいよ一人になった兄貴分は、作業を止めて出てきた杉作たちを指差した。

「あの中にいる。嘘じゃねえ」

兄貴分に背を向けた男は、囚《とら》われていた者たちに歩み寄り、伝兵衛を捜した。だが見当たらない。この隙に、兄貴分が逃げ出した。

男は、倒れている見張り役の刀を拾い、投げつけた。すると、風を切って回転する太刀が、兄貴分の背中を貫いた。

男は、倒れる兄貴分を見もせず、囚われていた者たちに紙を見せ、伝兵衛の居場所を訊いた。

「あんた、爺さんの仲間か」

訊いたのは、杉作だ。

「そうだ。何処にいる」

「ここの領主に連れて行かれただ。たぶん、庄屋の家さいるだよ」

杉作が教えると、男は頷き、背を返した。小屋の前に繋がれている馬を奪って跨ると、石切り場から駆け去る。

「おらたち、ひょっとして自由け」

誰かが言った。

人足たちは、見張り役が全員倒されていることを知り、

「今のうちだ。逃げるべ！」

大声をあげて、橋に殺到した。

「田八、田八」

杉作は田八の腕を摑み、足を止めた。

「何処行くだ」

「決まってる。おいねを助けに行くだよ」

「それはおらの役目だ。おめえは、村さけえれ。いいな」

「一人でけえるものか。おめえとおいねも一緒だ」

田八は杉作の腕を振り払い、宿場に走った。

六

山村に馬の嘶きがした。

庄屋の門を守っている家来が手を額に当てて日を遮《さえぎ》り、石切り場から駆け下りる馬を見つけた。馬はまっすぐ、庄屋の屋敷に向かってくる。

伝令が庭に駆け込み、真下に報せた。

おもんが泣きそうな顔をして真下を見ると、彼は案ずるなと言い、廊下まで歩み出たものの、行ったり来たりして落ち着かない。

「石切り場の者が馬に乗って来るはずはない。やはり、おもんが申した男であろう」

「山の者が馬を貸したのでしょうか。それとも奪ったのでしょうか」

築左衛門が不安そうに言うと、真下が扇《おうぎ》を腰から抜き、手を打って思案する。

「それはわしも分からん。じじいの仲間か、それとも公儀の追っ手なのか、そこを間違えると、大変なことになる」

「では、一旦は受け入れたほうが得策かと」

「いや、それでは危険じゃ。門を開ける前に、何者かを確かめよ。無理やり入って来るようなら、じじいの仲間じゃ。構わぬから斬って捨てよ」

家来に命じると、頭を下げて門へ向かった。

男が門前に馬を止めると、寄り棒を持った家来が身分と名を問う。

すると、男は馬上から問い返した。

「里見影周がここにおろう。邪魔立ていたすと、ためにならぬぞ」

「名乗らぬ者を通すわけにはまいらん」

門番が言うと、男は馬を走らせた。

馬の背中に立つのを見て、門番たちが慌ててあとを追う。

男は土塀の屋根に跳び移り、易々《やすやす》と中に入った。

突然目の前に降り立った男に驚いた警護の者が、抜刀して止めようとする。だが、男は赤い鞘の刀を抜きもせずに警護の者を打ち倒し、押し進んだ。

騒ぎを聞いて苛立つ真下の前に、突如としてその男は現れた。家来が抜刀して取り囲む中、男は悠然と庭を歩み、縁側にいる真下の前に来た。

おもんから聞いたとおり凄みのある男に、真下は怯む。

「貴様、なにやつじゃ」

男は答えず、真下に手配書を見せた。

「この男を出してもらおう」

「それはできん。その者はわしが江戸に連れて行き、大御所様に引き渡す」

「おぬし、この男の正体を知っておるのか」

「西ノ丸で騒ぎを起こした、元御庭番であろう」

「さよう。よって、おぬしの出る幕ではない。大人しく連れて参れ」

言われて、真下は歯を食いしばる。

「公儀の、手の者か」

「里見影周とは同じ穴のむじな、と言うておこう」

「むっ」

やはり御庭番かと、真下が目を見張る。

「殿様、まずいですぞ」

後ろから言う久三に、真下が、分かっておるわという顔で応じた。

石切り場を見られたからには、生かして帰すわけにはいかぬ。

それに、

「手柄を横取りされてたまるか」

と、欲深い真下は、聞こえぬように言い、庭の隅にいる家来に合図を出した。

応じた家来が手を振り、鉄砲を持った三人が真下の前に駆け出ると、男に狙いを定めた。

「この曲者《くせもの》を生かして帰すな。やれ！　撃ち殺せ！」

真下が命じるのと、男が身を転じるのが同時だった。

風音を立ててひるがえる外衣の中から投げ打たれた手裏剣が、鉄砲を構えていた三人の目を貫く。

呻《うめ》き声が鉄砲の轟音に消され、弾は、あらぬ方角へ放たれた。

「なっ、何をしておる、斬れ、斬れ！」

真下が悲鳴のように叫び、己も抜刀した。あるじを守らんとする家来が廊下に殺到し、庭の者と男を囲むと、斬りかかった。

「ぎゃあ」

「むうん」

家来たちが刀を振るうが、かすりもせず、抜き手も見せずに抜刀した男に、ことごとく倒されていく。

その圧倒的な強さは、真下の家来が束になっても敵《かな》うはずがない。

目の前の惨状に絶句した五郎兵衛は、手下どもの背中を押して加勢に行かせると、密かに裏庭に出た。這うようにして牢屋に行くと、牢番から鍵を奪い、表に加勢に行けと追いやった。

何ごとかと怪しむ牢番たちであったが、真下の命が危ないと言われて、急いで表に走る。

五郎兵衛は牢屋の戸を開けて中に入ると、伝兵衛がいる牢にしがみついた。

「じじい、いや、爺様、起きてくれ」

「なんじゃ」

寝ていた伝兵衛が歩み寄ると、五郎兵衛が必死の形相《ぎょうそう》で言う。

「あんたの仲間が来て、皆を殺していやがる。い、いいか、おれは、あんたをここから出してやる。助けてやるんだから、おれの命を助けてくれ。ここ、これも、全部返すから、約束してくれ。な、頼む」

五郎兵衛は、腰から伝兵衛の仕込み刀を外して格子から入れ、印籠も返した。そして、震える手で牢の鍵を外し、戸を開けた。

「本当に、わしの仲間が来ているのか」

「来ているとも。鬼みてぇに強ぇ奴だ。早く行って、止めさせてくれ。このとおり」

手を合わせて頼むので、伝兵衛は牢から出て、おいねの牢を開けさせた。

牢屋の外に出ると、屋敷の表の方から戦いの怒号が聞こえる。

伝兵衛が行こうとすると、五郎兵衛が腕を引っ張り、命の保証の念を押した。

「分かっておるわい」

伝兵衛はそう言うと、おいねを裏木戸に連れて行き、外へ逃がした。

その頃表の庭では、家来が倒され、真下は部屋に追い詰められていた。久三とおもんがもつれるように襖《ふすま》を開けて逃げようとしたのだが、男が回り込み、久三を袈裟懸《けさが》けに斬った。

目の前で倒れる久三に、おもんが声を失い、口をわなわなとさせて膝をつく。

「助けて、命ばかりはどうか」

命乞いをするおもんの胸に、男は容赦《ようしゃ》なく刀を突き入れた。そして、苦しむおもんを冷徹な目で見下す。

「言ったはずだ。正直に言えと」

刀を引きぬくと、おもんは久三の横に倒れた。

男が真下に目を向ける。

真下は恐怖に目を見張り、掌《てのひら》を前に出して後ずさる。

「ま、待て、待ってくれ。奴の居場所を教える。な、刀を引いてくれ」

「殿様、殿様！　連れてきましたぜ」

五郎兵衛が大声をあげ、伝兵衛の背中を押した。

背後に目を向けた男が、伝兵衛を見て笑みを浮かべる。

「里見影周、見つけたぞ」

「わしは、里見影周というのか」

伝兵衛が言うと、男が真顔になる。

「ふざけておるのか、貴様」

刀を下げたのを見て、真下がこの機を逃さず斬りかかった。だが、男は真下の刀を弾き上げ、ばっさりと袈裟懸けに斬る。

「ぐあ」

断末魔の悲鳴をあげた真下が倒れると、五郎兵衛は裏庭に転げ落ち、狂ったような悲鳴をあげて逃げ去った。

この時にはもう、伝兵衛は動けなくなっていた。真下を斬った男が、凄まじい剣気をぶつけていたからだ。

「どうやら、わしの仲間ではないようじゃな」

「ふん」

男は鼻で笑い、腰を低くすると、刀をゆっくり脇構えに転じた。

それに応じて、伝兵衛の顔つきが変わった。

「死ぬる前に、教えてくれ」

「よかろう」

「わしは、何者じゃ。なにゆえ命を狙う」

「なるほど、あの爆発で、記憶を失ったか」

「いや、熊に襲われたせいじゃ」

「ふん、まあいい。貴様が生きていると、困るお方がいる。それだけのこと」

男は言うなり、畳を蹴って跳んできた。

伝兵衛は跳びすさって切っ先をかわし、着地と同時に後ろに転じて二の太刀をかわす。

「むう」

男が追い、刀を打ち下ろしたが、伝兵衛は目の前から消え、斬ったのは板戸だ。

男はすかさず手裏剣を投げ打つ。

横に転じていた伝兵衛の足元に手裏剣が刺さり、更に横に転じた伝兵衛は、柱を楯《たて》にしてかわした。

「記憶を失っているのは嘘だな、じいい」

男が探るように言う。

「勝手に身体が動くだけじゃ。教えてくれ、わしは何をした」

訊く伝兵衛の身体の一部が柱から出ている。男はしめたと、唇に笑みを浮かべた。

「貴様は、徳川の秘宝を奪い取ったのだ」

「なんじゃと！」

伝兵衛が言った刹那《せつな》、男が背後に迫り、柱ごと斬った。

柱の向こうで、斬られた伝兵衛が倒れた。にたりとした男が、とどめを刺すべく回り込むや、しまった、と、目を見張る。

倒れたのは、真下の家来の骸《むくろ》。

凄まじい気配に男が顔を向けるや、部屋の暗がりから染み出るように、伝兵衛が迫る。

男が刀を振るったが、その前に、伝兵衛の小太刀が胸に当てられ、切っ先が浅く入っていた。

「くっ、うう」

驚愕《きょうがく》の眼差しを向ける男に、伝兵衛が訊く。

「言え、誰のさしがねじゃ」

男は答えず、薄ら笑いを浮かべると、伝兵衛の手を摑み、小太刀を深々と刺し入れた。

目を開けたまま絶命した男に、己を知る手がかりを失った伝兵衛はため息を吐く。

そして、ゆっくり横にさせてやり、目を閉じてやった。

「こりゃあ、どうしたことだか」

庭で声がしたので出てみると、杉作が、恐怖に引きつった顔で伝兵衛を見た。

「じ、爺さんがやったのけ」

杉作が訊くので首を横に振り、

「仲間割れじゃ」

と、伝兵衛は嘘をつき、お陰で助かったと、尻もちをつく。

「おお、そうじゃ。おいねを裏から逃がしたが、見なかったか」

「心配ねえだ。おいね、おいね」

杉作が呼ぶと、田八に付き添われて、おいねが入ってきた。庭に倒れている死人から目をそむける。

「無事で良かった。さ、外に出よう」

伝兵衛は、三人を連れて門外へ出ると、人足たちも無事に逃げていることを聞き、安堵した。

「おまえさんたち、これからどうする」

「おらたちは、まずは村にけえるつもりだ」

「それがいい。お前たちを苦しめた領主は死んだ。新しい領主が来てどうなるか見当もつかんが、きっと、悪いことにはなるまい」

「だども、どんな領主か不安だからよ。爺さん、行くとこがないなら、おらと村に来てくれねえだか」

杉作が頼むと、田八もおいねも、そうしてくれと頼む。

「昔のことを思いだすまで、おらが面倒みるだよ」

おいねが言うので、伝兵衛はふと、おようの顔が目に浮かんだ。しかし、誰だか分からない。

「爺さま、どうしただ、顔が青いぞ。気分が悪いだか」

「いや、大丈夫じゃ」

「やっぱり心配だ。おらたちと来てくれ、な、お願い」

おいねに手を引っ張られて、伝兵衛は、山奥の村でひっそりと暮らすのも悪くないと思ったのだが、命を狙われたからには、この先、新手に見つかれば、若者たちを巻き添えにしてしまう。

伝兵衛は、自分を見つけるために旅をせねばならぬと言い、若者たちに別れを告げた。

山に夕暮れが迫る中、一人で旅立ったのである。


その数日後、江戸城西ノ丸御殿の寝所で報せを受けた大御所吉宗は、旗本真下家の存続を決めた家重の采配《さいはい》に、目を細めた。

「倅《せがれ》め、民百姓の肩を持つのではないのか」

「おそらく、世継ぎの存続をお許しになられたのは、出雲守殿の願いを聞きいれられたからと存じまする」

そう言ったのは、老中、本多因幡守《ほんだいなばのかみ》忠由《ただよし》だ。

大岡出雲守の暴走を防ぐために吉宗が老中に抜擢《ばってき》したこの男は、いわば、吉宗の懐刀。

その本多がいうには、領民から真下の所業が明らかにされると、評定所は御家断絶に動いていた。家重も初めは断絶もやむなしと言っていたのだが、突然、存続の命が下されたのだ。

「出雲め、真下家を救うことで、旗本衆を取り込む気じゃ」

「いかがいたしますか」

「既に家重が決めたことになっておるなら、覆《くつがえ》すことは得策ではない。引き続き監視を頼むぞ、因幡」

「ははあ」

本多が下がると、吉宗は近習の手を借りて床へ横になった。

「下がれ」

人払いをすると、程なく、澄んだ目をした若僧が入ってきた。宝山だ。

宝山が床の足元に座ると、吉宗は天井に目を向けたまま、宝山に問う。

「真下を斬ったのは、影周か」

「いえ。領民が申しますには、別の人物かと思われます。影周殿と同じ牢に入っていた村の娘が、仲間が助けに来たと言う声を聞いております」

「まさか、川村左衛門《かわむらさえもん》の手の者か」

「いえ、その者は、影周殿を助けようとしたのではなく、命を狙ったものかと。手の者が庄屋屋敷に入り、これを入手いたしました」

宝山が側に寄り、手裏剣を差し出す。

「御庭番の物ではないな。忍びか」

「はい。残念ながら、誰の手の者か、今の時点では分かりませぬ」

「大方の見当はつく」

吉宗は起き上がり、手裏剣を返した。そして、宝山の肩を借りて立ち上がると、廊下に歩み出た。黙って見上げる視線の先には、本丸の瓦屋根《かわら》がある。

吉宗の横顔を窺う宝山は、刺客が誰の手の者か察しがついたようだ。

「まさか、出雲守殿でございますか」

「目立って表に出ぬが、油断ならぬ男じゃ。わしも知らぬ影の者を養《やしの》うておっても、不思議ではない。宝山」

「はは」

「伝兵衛を殺させてはならぬ。二度と、先を越されるでないぞ」

じろりと厳しい目を向けられ、宝山は平伏した。

第四話　再　会

一

「しくじるとは、お前にしては珍しいのう」

屋敷の茶室にいる大岡出雲守の声は穏やかだが、目つきは鋭い。

その目筋の先には、手入れが行き届いた庭を背にして座る蓮がいる。黒染めの着物に赤い絽《ろ》の羽織という姿が、なんとも妖艶で、毒々しく美しい。

蓮は、滅多に頭を下げぬ女。相手があるじといえどもそうなのは、勝気という性格もあるが、なにより、仕事に失敗しないという自負が、そうさせている。

しかし、配下の者の失敗は頭目の責任であるということが分からぬ愚《おろ》か者ではない。ゆえに、手の者が伝兵衛を殺し損ねて逃がしてしまったことには、両手をついて素直に詫《わ》びた。

「年寄りと思い、油断しておりました」

「下っ端に倒せる相手ではないと、言うておくべきだったか」

「いえ、わたくしの思慮《しりょ》が浅うございました」

下座で頭を下げる蓮に、大岡は頷く。

自ら点《た》てた茶を差し出し、促す。

黒天目《くろてんもく》の見事な茶碗は、大岡にとって、蓮が重要な人物ということを意味する。茶碗の意味を知っている蓮は、唇に笑みを浮かべて手を伸ばした。ゆっくりと、優雅な仕草で茶を干し、懐紙で茶碗に付いた紅を拭い、大岡に返す。

大岡は、近くに寄った蓮の手を摑み、顔を上げさせた。

「わしが影周の命を狙うておることを大御所様に知られるのは、遠くないことじゃ。大御所様が、影周を捜す手の者を増やされたとも聞いた。先を越されてはならぬ。先に見つけて殺せ」

大岡が手に力を込めて言うと、蓮は頷いた。

「必ず、ご期待に添いまする」

「ゆけ」

「はは」

蓮が立ち去ると、大岡は天目茶碗を持ち、景色を眺めた。

「澤地《さわち》はおるか」

声をかけると、ここにおりますと言い、家臣が小間に控える。

大岡は、茶碗に白湯《さゆ》を注ぎながら言う。

「川村左衛門を知っておるな」

「存じております」

「あの者、大御所様に召し出された。影周の上役だった男ゆえ、行先を知っておるかもしれぬ。目を離すな」

「御意」

気配が去ると、大岡は茶を点てて飲む。その時に見せた微かな笑みは、茶の味に対するものなのか、それとも、里見影周のなれの果てを想像してのことかは、誰にも分からぬ。


幕政を裏で操ろうと企む大岡にとって邪魔なのは伝兵衛。その伝兵衛の居場所は、今のところ、大岡側も、大御所吉宗側も摑めていない。

情報というものは面白いもので、大きな組織が多額な費用と人を動かして摑めないことが、ひょんなことから身近な者の耳に入ることがある。

その幸運に恵まれたのは、壽屋で伝兵衛の帰りを信じて待っていたおようだ。

壽屋の女将に頼まれ、客に茶を持って行った時に、たまたま耳に入ってきた話の内容に驚き、およう は、湯呑を載せた盆を落とした。

「熱っ」

茶がかかった着物を手で払う客が不服の顔を向けたのだが、おようが肩を摑んで顔を近づけるので、身を反らせる。

「な、なんや、ねえちゃん」

「今の話、本当ですか」

訊かれて、ええ、と客は首を傾げた。

「なんのことや」

「峠の話です。小太刀を使う年寄りの」

「ああ、そのことかいな。確かに言うたが、それがどないしたんや」

「本当に、小太刀の二刀流でしたか」

「間違いあらへん。なんせ、助けられたのはわてら二人や。あないな山奥で物取りに囲まれたさかい、もうだめやと諦めていたんや。なあ」

常連客が仲間に言うと、仲間も頷いた。

「そや。そしたら、通りかかった爺様が助けてくれたんや。まあ強いのなんの、ありゃ、天狗やないかと言うてたところや」

――伝兵衛に間違いない
そう確信したおようは、二人に訊く。

「その人の名は、伝兵衛じゃないですか」

「いや、豆吉といわはったな」

「豆吉……」

別人かと思ったおようであるが、追っ手に気付かれないために偽名を使っているのだと思いなおす。

「その小太刀、薪のような鞘では」

「そや」

「やっぱり……」

「なんや、ねえちゃん、爺様の知り合いかいな」

訊いた客が、目を潤ませて唇を嚙むおようを見て、どないした、と驚き、眉間《みけん》に皺を寄せる。

「伝兵衛を、いえ、そのお爺さんを、何処で見たのですか」

「飛驒高山《ひだたかやま》や」

「住んでいる場所、分かりますか」

「さあ。けど、薪を背負っていはったから、峠の近くの人やろうな」

「なんていう峠です」

「追剥《おいは》ぎ峠や」

言った客が、鼻に皺を寄せて、悔しそうな目面《めづら》を描く。

「宿場であとから聞いた話やと、峠は盗賊が出るさかい、地元の者も近寄らへんらしいわ。通るのは、なんも知らんわてらのような行商人か、訳ありで街道を避けるものばかりやさかい、盗賊はそこを狙うらしい。欲を出して、知らん土地へ行こうとしたのが間違いやったわ」

「飛騨高山の、追剥ぎ峠ですね」

おようは自分に聞かせるように言うと、深々と頭を下げた。

「なんや知らんけど、そないに丁寧に頭下げられると、ええことしたみたいやな」

興味ありげに、訳を訊こうと口を開けた客に背を向けて、おようは立ち去った。

仕事もそっちのけで部屋に入ると早速、旅の仕度を始める。

隙間からその姿を目にしたおふじが、驚いて襖を開け放った。

「おようちゃん、何してるの」

「女将さん、見つかったんです、伝兵衛が。生きていたんです」

目を丸くしたおふじは、襖を閉めると、おようの肩を押さえて座らせた。

「ええ!?」

「確かなの」

「はい」

おようが客から聞いた話を教えると、おふじは首を傾《かし》げた。

「名を隠しているというのは確かにあることかもしれないわ。でも、小太刀を使う強い老人というだけで、伝兵衛さんと決めるのはどうかしら。まして、追剝ぎ峠なんて、名前からして危ないところでしょう。若い娘が一人で行くような所じゃない。川村様に頼んであげるから――」

「駄目です」おようは慌てた。「川村様のお言葉をお忘れですか」

「川村様のお言葉……」

考えるおふじに、おようは言う。

「川村様は、伝兵衛が生きて戻っても報せるなとおっしゃったじゃないですか」

「そう、確かにそうだったわね」

江戸城の騒動のあと、御庭番との縁を切り、楽隠居をさせてやりたいと言った川村の言葉を、おふじは思い出した。

「あたしなら大丈夫です。身を守る術《すべ》は、身につけていますから」

「でもね――」

「お願いします。行かせてください」

額を畳に付けて頼むおようを見おろし、おふじはため息を吐く。

「どうせ、止めても行くんでしょう」

「迷惑になるようなことはしません」

「もしかしておようちゃん、戻って来ないつもりなの」

おようは黙っている。伝兵衛が生きているとしても、この壽屋に帰らないのは、皆に迷惑がかかると思っているからに違いないのだから、自分が迎えに行ったとしても、帰って来ないだろう。だったら、自分もここを出るしかない。そう覚悟を決めているのだ。

「おようちゃん、そうなのね」

なぜそこまでの覚悟ができるのか、およう自身にも分からなかった。

黙っていると、おふじが手を握りしめた。

「そんなのだめ。必ず帰ると約束してちょうだい。もし伝兵衛さんが生きていたら、きっと連れて帰って。御公儀に追われていても、ここにいることは知られないように、あたしが守るから」

「女将さん」

「慣れない土地の山奥に一人で隠れて、きっと不自由しているはず。そう思うと、悲しくなるわ。だって水臭いじゃない。あたしはね、どんなことがあっても受け入れる覚悟で、ここで生涯を終えてもらうつもりで、元御庭番だと知っても伝兵衛さんを雇ったんだから」

「なぜですか？」

「ええ？」

「どうして、そこまで伝兵衛のことを大事に思えるのですか」

「どうしてって……」

訊かれて、おふじは考える顔をする。

「好きなんですか、伝兵衛のこと」

真顔で訊かれて、おふじは目を見張る。

「な、何を言っているのよ、そんなんじゃないわよ」

「じゃあ何ですか」

「ええ……」

追及されて、おふじは困り顔である。

「たぶん、あれよあれ、情ってやつね」

「やっぱり好きなんですね」

「そうじゃなくって、ほら、あたしは早くに父を亡くしたから、そのせいかな」

「伝兵衛を父親と思っているのですか」

「そ、そうね。おようちゃんと同じように、家族のように思っているのかもしれないわ」

「あたしと同じ?」

確かめるような顔を向けられ、おふじははっとした。

「違うの?」

訊いたが、おようは答えずに目筋をそらし、仕度に戻る。

手際よく整えると、

「では、行きます」

頭を下げた。

「待って。これを」

おふじはおようの手に、路銀を握らせた。そして、必ず戻って来るようにと念を押す。

頷いたおようは、再び頭を下げ、裏口へ向かった。

外で話を聞いていた喜之助が、顔を俯けて戸口の前に立っている。

おようはその前を通り過ぎようとして立ち止まり、喜之助を一瞥した。

何も言わないので行こうとすると、

「……てるから」

喜之助が言う。

「え、何」

おようが足を止めて訊き返すと、喜之助は、真っ赤にした顔を上げた。

「待ってるから」

そう言うと、背を返して家の中に入った。

おようは、耳まで赤くしている喜之助に首を傾げる。家の戸口から仲居のお七《しち》が飛び出してきて、おようの手を握った。

「話を聞いてしまったの。どうしても行くの?」

「ええ」

「気をつけるのよ。きっと伝さんを連れて帰ってね」

「はい」

およう は、お七に笑みで応えて戸口をくぐった。

表の東海道《とうかいどう》を行き交う人の中に混じり、伝兵衛がいる飛騨を目指す。

だが、そのおようの後ろを、二人の侍が尾行を始めた。

気配に気付いたおようは、猿回しの見世物に大勢の人が集まっている中に割って入り、身を屈《かが》めた。

黒塗りの笠を被った侍たちが、慌てたように駆け寄り、人混みの中と外を捜している。

「ええい、どこに行った」

「どけ、どけい」

人混みに割って入る侍の側をくぐり、おようは街道に出た。そして、街道から一本裏の路地に駆け込み、一旦物陰に潜んで追っ手がないのを確かめると、足早に立ち去った。

高山の里を遠く見下ろす山の中を歩んでいる伝兵衛は、風が木々の枝を激しく揺らすのを見上げて、足を速めた。

二

ぽつり、と水滴が頰に落ちたと思えば、雨足が強まっていく。

「こりゃいかん」

伝兵衛は山を駆けのぼった。

薄暗い山に稲妻《いなずま》がぱっとまたたき、雷鳴が空気を揺さぶる。

驟雨《しゅうう》が容赦なく伝兵衛を襲い、家に飛び込んだ時には、全身ずぶ濡れ。せっかく集めた薪からも、雨のしずくが垂れていた。

「まあまあ、お前さま、こんなに濡れて」

台所に立っていた女が駆け寄り、手ぬぐいで伝兵衛の顔を拭く。

「いやあ、やられた。せっかく薪を集めたが、これでは、干さねば使えん」

「いいですよ、今夜のはありますから」

「じゃが、朝は冷えるぞ」

「大丈夫です、寒ければ、お前さまで温まりますから」

伝兵衛がにやりとして、おすぎの顎をちょん、とつまんだ。

人里離れた山の一軒家で暮らして、はや二月。伝兵衛とおすぎは、すっかり夫婦気分である。

なぜこうなったか。それは二月前、伝兵衛が石切り場の宿場から逃れて道なき道を歩み、あてのない旅をしていた時のことだ。急に便意をもよおし、山道から外れて適当な場所で済ませたまではよかったが、道に戻ろうとした時にすずめ蜂《ばち》の巣を踏み抜いてしまい、黒々とした蜂の集団に襲われた。

伝兵衛は悲鳴をあげて逃げ、たまらず川に飛び込んだ。しかし折悪しく、山の川は大雨で水かさが増していて、激流と化していた。

伝兵衛は激流にもまれ、水を大量に飲んだものの、なんとか岸に泳ぎ着き、蔓草《つるくさ》を摑んで生き延びた。その時は身体の異変に気付かず、何処かも分からぬまま山道を歩みはじめたのだが、次第に身体がだるくなり、吐き気に襲われた。蜂に数か所刺されていたせいで、毒が回ったのだ。

伝兵衛は休もうとして大きな銀杏《いちょう》の木の下に座ったのだが、そこへおすぎが通りかかり、家まで連れ帰って助けてくれたのだ。伝兵衛は、熱が引くと旅に出ようとしたのだが、山の中で一人暮らしをしているというおすぎと気が合い、もう一晩、もう一晩と誘われるうちにずるずると居ついてしまい、今ではすっかり、この山の暮らしに馴染んでいるというわけだ。で、寒ければ抱いて温めてもらう、などと言える仲になっている。

以前の伝兵衛ならあり得ぬことだが、記憶を失ったせいであろう。おすぎは美人ではないのだが、山暮らしをしてきた女にしては垢《あか》ぬけており、おっとりとした気性も、伝兵衛の気持ちを引き付けるなにかがある。

齢《よわい》五十を過ぎるまで御庭番として生きてきた伝兵衛に浮いた話などなく、今の気持ちが恋というのなら、このような気持ちになるのは人生で初めてのこと。ゆえに伝兵衛は、おすぎと二人でいられることを喜び、日々、穏やかな気分で暮らしている。

暮らしは実につましいのだが、伝兵衛には、解《げ》せぬことがある。それは、米のことだ。年に一度ほど、女のおすぎが一人で食うには余るほどの米が届けられるのだというが、何処から届けられるのか。

伝兵衛が訊いても、おすぎは微笑むだけで教えてくれない。

垢ぬけているのは、昨年まで共に暮らしていた者のお陰だと言うが、名も明かさぬので、おすぎはきっと、高山の里の有力人物に関わりがある女で、付人がいたのではないかと、勝手に想像していた。

しかし、この二月で訪ねて来る親しい者は一人もおらず。訊けば、来るのは米と塩、味噌を届ける人足だけだという。

菜の物は、家の周りにある畑で作っている。

謎がある女だが、外との繋がりがほとんどないのは、伝兵衛にとってもありがたいことだ。大御所吉宗と大岡、そして、おようまでも自分を捜していることなどまったく知らない伝兵衛は、居心地の良さについ甘えて、この暮らしが続くことを願っている。

外に出た伝兵衛は、薪を広げ終えると、空を見上げた。驟雨が止み、青空が広がっている。

おすぎが出てきて、畑に茄子《なす》を取りに行くというので、伝兵衛が買って出た。畑仕事をしたことがあるのかないのかも憶えていないが、作物が実る様を見るのが楽しいことを、この山の暮らしで教わったような気がしている。

雨に濡れて張りの出た葉を分けて、大きめの茄子を摘《つ》む。その隣で、おすぎは瓜《うり》を摘み、塩もみにしようと言ってほほ笑んだ。

茄子を煮たのと瓜の塩もみで夕餉を済ませた二人は、囲炉裏の火の灯りの中で仕事をはじめた。おすぎは縫物《ぬいもの》、伝兵衛は、竹細工をしている。若者のように弾んだ会話はないのだが、静かに過ごすこの時は心が温かく、伝兵衛は気に入っている。

「お前さま、そろそろ休みましょうか」

「そうじゃな」

伝兵衛は手を止め、竹のくずを集めると、囲炉裏に燃やした。

「今夜は、少し冷える」

「お酒を呑みますか」

「酒が、あるのか」

「はい。冬に飲み切れなかった余り物ですけど」

寒い冬を越すために、秋の終わりには毎年買い求めているのだという。

伝兵衛はおすぎの酌を受け、ぐい飲みを干す。

「ううん、なかなかの味じゃ。おすぎもやれ」

伝兵衛がぐい飲みを渡して注ぐと、おすぎは両手を添えて口を付ける。

二口飲むと十分だというので、残りを伝兵衛が受け取って呑み干し、床に入った。

高山の山中だけに、瓜が終わる時期になると朝晩が冷える。寒がりのおすぎを囲炉裏に近い方に寝かせて、伝兵衛は、隙間風が入る戸口側に寝た。

朝方になると、いつのまにかおすぎが同じ床に入り、背を向けて眠っている。伝兵衛はそっと身を寄せ、背中を温めた。おすぎが手を握ってくるので、伝兵衛も握り、気持ち良さそうな寝息を聞きながら、再び眠った。

夜は土間に入れている鶏《にわとり》が鳴いたので、伝兵衛は目を覚ました。その時にはもう、おすぎは床にいない。

毎朝伝兵衛より先に起き、朝餉の仕度にかかっているのだ。

伝兵衛は鶏を外に追い出し、裏に行く。山水が流れ落ちる石樽《いしだる》から冷たい水をすくって顔を洗い、眠気を覚ました。

伝兵衛は、稜線《りょうせん》から覗いたお天道様に、自然に手を合わせる。

ふと、視線を感じて目を開ける。

背後の雑木林に振り向くと、鹿の親子が伝兵衛を見ていた。

「なんじゃ、お前さんたちか」

いつも見かける親子に目を細めていると、おすぎが裏に出てきた。

「お前さま、朝餉の仕度が出来ましたよ」

「うむ」

応じた伝兵衛が、畑を荒らすなよ、と声をかけて家の中に入ると、鹿の親子は、何かに驚いたように、山の中に駆け去った。

葉が茂った木の上に隠れていた者が下りてきて、鹿が逃げ去った方とは反対に駆けて行く。

伝兵衛が再び戸を開けて見た時には、すでに人影は消えていた。

「どうしたのです」

「いや、なんでもない。さ、食べよう」

伝兵衛は辺りを見回して、裏の戸を閉めた。

三

「お客さん、今、なんて言われたね」

街道の茶屋の店主に訊き返されて、おようはお茶を飲むのを止めた。

「追剝ぎ峠だ。どう行けばいいか教えてくれ」

すると、店主があんぐりと口を開ける。

「お客さん、どうやら峠のことを知らないようなので教えてあげますが、あそこは、追剝ぎが出るから追剝ぎ峠と呼ばれています。悪いことはいいません。行くのはおやめなさい。違う道は、ほら、そこの一本杉の分かれ道を右に行けば、山を越えられますから」

「ということは、左に行けば追剝ぎ峠なのだな」

およようはお代を置いて立ち上がる。

「お客さん、お客さんちょっと」

止めようとする店主を無視して、およようは歩を速めた。

峠の麓《ふもと》の農家を訪ねて回り、伝兵衛の特徴や年齢を教えて、それらしき者を見たことがないかを訊いた。

知っているという者に会えたのは、五軒目の家を訪ねた時だ。壮年の男が、山に薪を拾いに入っていた時に、出会ったことがあるという。

何処に住んでいるか訊いたが、麓の村にはいないと言い、おすぎ、という女の家じゃないかという。

およようは、眉間に皺を寄せた。

「女？　女の人が、山で一人暮らしをしているのか」

「去年までは夫か下僕だか、二人で暮らしていたようだけど、死んじまったらしいで、新しい人を雇ったようだと話していたところだ。あんた、あの爺さんと知り合いかね」

「それを確かめに来たんだ。家は何処だ」

「それなら、この山の中だ」

「案内してもらえないか」

「そうしてあげたいところだがね、わしは見たことも行ったこともないのよ」

「そうか」

おようは肩を落とし、峠に足を向けた。

「おいあんた、若い娘が峠に行ったらだめだ。身包《みぐる》み剝がされるぞ」

「平気だ。自分の身は守れる」

止めるのも聞かずに、おようが足を踏み入れた峠は、滅多に人が通らないのだろう。草が腰まで伸びている所もあり、とても道と言えるものではない。

急な坂は、土から出た木の根を段代わりに踏んで上がらないと、足が滑る。

雑木林や竹林に囲まれた薄暗い坂を、杖を頼りに上って行く。そして、人ひとり通れる小道に入り、山の奥へと進んだ。しかし、道は行き止まりで、家らしきものはない。

「伝兵衛、伝兵衛!」

大声で呼んでみたが、聞こえるのは風に揺れる木の音ばかり。

「こんな山の中に、本当に家があるのか」

峠に戻り、滑りこけないように用心して歩み、別の小道に入る。だが、そこも薪を拾う村人たちが付けた道らしく、行き止まりだ。

およう は山を見上げる。

「何処にいるんだ、まったく」

もう一度峠に戻り、上りはじめたおようは、あと少しで上に着くという時に立ち止まり、山を見回した。

「伝兵衛、か弱い乙女《おとめ》が一人で来たんだから、出て来い！」

大声で言ったが、気配はなかった。

憤慨して、もう一度村に戻って訊いてみようとしたその時、飛んで来た何かに足を絡み取られた。

「あっ」

しまったと思った時には転んでしまい、足に絡みついた投げ縄を取ろうとしたのだが、おようは、草の陰から姿を現した男たちに目を見張る。

追剝ぎごとき、自分の手で倒して、伝兵衛のことを訊くつもりでいたのだが、少々甘かったようだ。出てきた賊たちはこそ泥のような者ではなく、表情を見ても、凶悪な臭いがする。

帯から小太刀を抜き、縄を切ろうとしたのだが、若い男に手首を蹴られ、刀を飛ばされた。

両腕を摑もうとしたので手首を捻って投げ飛ばす。

その隙に足に絡んだ縄を取ろうとしたが、目の前に槍の穂先《ほさき》を突き付けられた。

「女ゆえ見逃すつもりだったが、山道を行ったり来たりと妙なことをしておるな。わしらに会いに来たのか」

「ばかな。お前たちを打ちのめした者を捜しているだけだ」

おようが言うと、男が手下と顔を見合わせた。

「この女が言っているのは、あのじじいのことか」

「おそらく」

手下が頷いた。

おようは、心の中で笑みを浮かべる。

「やはり行商人の話は本当だったのか」

「ああ?」

「こっちの話だ。頼む、伝兵衛の居場所を知っているなら案内してくれ」

「伝兵衛？　誰だそりゃ」

「お前たちを打ちのめした年寄りの名だ」

「てめえ、あのじじいの知り合いか」

「素直に教えてくれるなら、痛い目に遭わずに済むよ」

「あぁん」

　頭目らしき男が顎を突き出し、歩み寄る。

「てめえ、自分が置かれている状況が分かって言ってやがるのか。それとも馬鹿か、なあ」

　身動きができないおようの横にしゃがみ、着物を摑んで胸を開いた。

「止めろ！」

「てめえが自分から来たんだろうが。あのくそじじいへの仕返しだ。身包み剝がしてやらあ。野郎ども、やっち――」

　やっちまえ、と言おうとした頭目の男が、頭を抱えて倒れ、のたうち回った。背後から飛んできた石が、頭に当たったのだ。

　それを見たおようが、

「伝兵衛！」

助けに来てくれたと思い、名を呼ぶ。

賊どもが騒然となり、石を投げた男に振り返る。

しかし、坂の上にいたのは、髪を茶筅《ちゃせん》に束ねた若い浪人者で、大勢の賊を見おろし、不敵な笑みを浮かべている。

「いかんな、か弱い女をいたぶるのは」

背の高い男に言われて、賊たちは一瞬怯んだが、すぐに前に出た。

「て、てめえ、よくも頭を」

賊たちが刀や槍を構える。

「やれ、やっちまえ」

頭目が命じると、手下どもが一斉にかかった。

浪人者は槍の一撃を素手でかわすと、拳を腹の急所に入れ、相手から槍を奪う。

その槍の柄で次の相手の腹を打ち、穂先を転じて、その次の相手の額を打った。

「やろっ！」

四人目が斬り下ろした刀を弾き上げ、

「むん！」

柄で胸を突く。

手下が吹っ飛び、後ろの仲間二人を巻き添えにして坂を転がり落ちた。

頭目は目を見張り、這って逃げようとしたのだが、目の前に槍を突き立てられた。

「ひぃい」

「この山から失せるか。それとも土の下で眠るか」

浪人者が言った時には、頭目は、あまりの恐ろしさに失禁していた。口をがくがくとやり、声にならぬ声で叫ぶ。

「ここ、こんな所、もういやだ。おめえといい、じじいといい、おれたちの邪魔をしやがって」

「答えになっておらぬ」

穂先を喉元に突きつけると、

「失せる、失せます。に、二度と、戻りません」

頭目の男は後ずさり、手下を置き去りにして、峠を転げるように逃げて行く。

「頭、頭待ってくれ！」

手下たちがあとを追い、峠に静けさが戻った。

浪人者はおようをじろりと睨み、槍を握り替えて投げた。

おようの顔のすぐ横を飛んで行った槍が、背後の木に突き刺さると、抜身の刀を持って隠れ、浪人の命を狙っていた賊の残りの若い男が幹の後ろから転がり出た。

浪人者が太刀を抜刀して迫ると、若い男は目を大きく見開き、足をばたつかせて後ずさる。その鼻に切っ先を突き付けると、観念したように目を閉じた。

「貴様、女を案内できるな」

「へっ」

呆けたような顔をする男に、浪人者が言う。

「この女が捜している爺さんの居場所を知っているのか、知らないのか」

「知っています。知っていますとも」

「ならば、案内しろ」

「よ、喜んで」

命じられて、男は引きつったような、安堵したような笑みを浮かべた。

四

「おお、昨日のは恵みの雨じゃ。おすぎ、茄子が一回り大きゅうなっておるぞ」

子供のように目を輝かせる伝兵衛を見て、おすぎが笑う。

「まこと、作物を育てるのは楽しいのう」

「今年は特に、天気に恵まれていますから」

伝兵衛は畑の草を抜き、茄子の世話をしていたのだが、ふと、手を止める。

「誰か来たようじゃ」

客に背を向けたまま言い、茄子の葉に身を隠すようにしゃがんで作業をはじめた。

草を抜いていたおすぎが立ち上がって、編笠の端を上げて見ると、若い女を連れた二人の男が、畑にいる自分たちを見ている。

女の後ろにいる背の高い男が少し驚いた顔で、おすぎに軽く頭を下げたので、おすぎは笠を取り、伝兵衛に言う。

「わたしの甥《おい》が来たようです」

安堵の息を吐いた伝兵衛は、腰の隠し刀から手を離し、立ち上がった。

すると、背の小さい方の若者が駆け去った。

「伝兵衛！」

おようが叫んだが、自分のこととは思わぬ伝兵衛は、駆け去る男の名だと思い、目で追った。

た。

「喧嘩でもしたのかの」

などと呑気なことを言っていると、若い女が駆け寄り、着物を掴んで抱きついてきた。

「伝兵衛、生きていてよかった。よかった！」

そう言って、伝兵衛の胸から顔を離したおようは、顔をゆがめて、唇を噛みしめている。涙があふれると、おようは再び、伝兵衛に抱きついた。

伝兵衛は戸惑ったが、おようの背中をさすってやり、肩を掴んで離す。

「娘さん、伝兵衛というのは、わしの名か」

思いもしない問いに、おようは息を呑んだ。

「伝兵衛？」

「済まん。わしは、昔のことを忘れてしもうたのじゃ」

「あの爆発のせいか？　そうなんだな」

「爆発？　そうじゃない。わしは熊に襲われて、みんな忘れてしもうたんじゃ」

「熊だって」

おようは、他の者を気にした。伝兵衛は、誤魔化していると思ったのだ。

「熊に襲われたのか」

「そうじゃ」伝兵衛が頷き、おように問う。「お前さん、もしかして、わしの孫か」

「ええ？」

「教えてくれ、わしは、何者なのじゃ」

およは、寂しそうに俯いた。

「本当に、憶えていないのか」

「お前さま、ここではあれですから、中に」

誘うおすぎに、おようが顔を向ける。

「お前さま？」

伝兵衛を睨むと、どういうことかと訊いた。

「おすぎは、わしの命の恩人なのじゃ。蜂に襲われて倒れていたところを、助けてもろうた」

「蜂に！」

伝兵衛らしからぬことにおようは驚いたが、記憶を失っているせいだと思い、ため息を吐く。そして、おすぎに頭を下げた。

「お世話に、なりました」

「いいんですよ。さ、中にお入りなさい。山道で疲れたでしょう」

「途中、この娘を助けたのですが、まさか目的地がここだとは思いませんでした」

おすぎは、甥に小さく頷いて中に誘い、瓜を切ると言って山水で冷やしているのを取りに行った。

板の間に上がった伝兵衛は、おようから、危ないところを助けてもらったと聞き、おすぎの甥に礼を言った。

「ええと、わしの名はなんと言うたかの」

おように名を確かめる顔を向けると、ため息を吐く。

「伝兵衛」

「そうじゃ。わしは、伝兵衛と申す」

改めて甥に頭を下げると、

「幸村《ゆきむら》です」

爽《さわ》やかな笑みで言う。

「はて、何処かで聞いたような」

伝兵衛が首を傾げると、

「大坂《おおさか》の陣で活躍した、戦国武将の名です」

甥が教える。

切った瓜を載せた笊《ざる》を持ってきたおすぎが、

「またそのような名を名乗って」

おようと甥の前に差し出し、憧れている人の名を名乗るのはおやめなさいとたしなめる。

「本当は、違うのですよ」

「叔母上」

名を言うのを止められて、おすぎは、そうだったわねと言って口をつぐむ。

「名前が嫌いなのかい」

伝兵衛が訊くと、

「ええ、まあ」

甥は濁し、瓜を食べた。

「ささ、あなたも冷たいうちにおあがりなさい」

おすぎが瓜を勧めるので、おようは一つ取り、かじった。

「甘い」

目を丸くするのを見て、伝兵衛とおすぎが顔を合わせて微笑む。

仲睦《なかむつ》まじい二人に、おようは寂しそうな顔をした。

「まだ名前を聞いていませんでしたね」

おすぎに訊かれて、

「およう、です」

ぼそりと言う。

伝兵衛は、おようが自分の命を狙う者ではないことは感じていたのだが、油断はしていない。

「わしがここにいることを、どうやって知ったんじゃ」

「峠で行商人を助けただろう」

「ああ、そんなこともあったな」

「その人に聞いたんだ。小太刀の二刀流を使う年寄りなんて伝兵衛しかいないと思って、迎えに来た」

「何処から来たのです」

おすぎが訊くので、おようはちらりと見て答える。

「品川です」

「品川！」驚いたのは幸村だ。「一人で来たのか」

「ええ」

「品川は、遠いのですか」

おすぎが訊くと、幸村が答えた。

「ここからだと、七日以上はかかります」

「まあ、そんなに」

「あたしは、六日で来ました」

おようがつるりとした顔で言うものだから、幸村は驚き、ふっと笑う。

「なに」

「いや。よほど会いたかったのだな、伝兵衛殿と」

おようは、目筋を下に向ける。

「ずっと、帰りを信じて待っていたのに、こんな所にいるなんて」

「済まなかったな。わしは、いつから家を出ておるのじゃ」

その様子を見て伝兵衛は狼狽《うろた》えたが、おようは答えなかった。将軍家重の病を治すために江戸城に忍び込み、大御所吉宗の手から将軍家の秘宝を盗んだことなど、ここでは言えるはずもないからだ。

「品川へ帰ろう、伝兵衛。女将さんも、みんなも待っているぞ」

「わしは、品川で何をしていたのだ」

「壽屋という旅籠で、風呂焚きをしていた。伝兵衛の作る薬湯《やくとう》は、評判だっただろう。思い出せないか」

「風呂焚き、薬湯」

伝兵衛は思い出そうとしたが、頭痛に襲われて頭を振る。

「お前さま、無理はいけませんよ」

おすぎに止められて、伝兵衛は、おようを見た。

「それだけでは、あるまい」

「思い出したのか」

「いや、わしはな、ここに落ち着くまで方々を歩き回っておったが、命を狙われたことがある。恐ろしい男であった。わしは、このような物も持っておる」

腰から隠し刀を抜き、おように本当のことを言ってくれと頼んだ。

「命を狙う相手が誰か、知っているなら教えてくれ。場合によっては、わしは、品川に帰らぬほうがよかろう」

おようは困った。だが、心配して帰らないと言われても、もっと困るので仕方なく応えた。

「伝兵衛が命を狙われたことなど初耳だし、相手が誰なのかも知らない。でも、女将さんは伝兵衛を守ると言っている。旅籠に隠れていれば、大丈夫だ」

「それはどうかな」口を出したのは幸村だ。「何を隠しているか知らんが、腰の刀を見る限り、伝兵衛殿は、ただの風呂焚きではあるまい。もしかして、江戸城西ノ丸の爆発事件に関わりがあるのか」

「何故それを」

言ったおようが、はっとした。

幸村が含んだ笑みを浮かべる。

「やはりそうか。爆発の詳しいことは知らんが、関わりがあるとなると、伝兵衛殿は御庭番。そうだろう」

おようが目をそらすので、伝兵衛は確かめた。

「ようさん、本当か」

こくりと頷いたおようが、思い出したような顔を伝兵衛に上げた。

「あれはどうした」

「あれとはなんじゃ」

「城に取りに行った物だ。持っていないのか」

言われて、伝兵衛は自分が持っている荷物を全部出して見せた。

荷物といっても、僅かな路銀と隠し刀、そして、印籠だけ。

おようは真っ先に印籠に手を伸ばし、中身を出した。そして、目を見張る。

「これは」

白い粒を見せられても、伝兵衛は首を傾げている。

「思い出せ、伝兵衛。あれほど苦労して、先生から教わったじゃないか」

「先生？」

「甲斐天雲《かいてんうん》先生だ。伝兵衛、城から盗んだ宝でこれを作ったんだろう」

白い粒を掌に置かれた伝兵衛は、断続的に、戦う姿が頭に浮かんだ。赤い玉が見えるが、それが何だか思い出せない。

激しい頭痛に襲われて頭を抱える伝兵衛の手を、おようが握りしめた。

「そうだ。この薬を飲めば、治るかもしれないぞ。丁度三粒ある」

「効くのか、この薬が」

「きっと効く。死にかけたあたしもこの薬で救われて、言葉まで喋れるようになった。天雲先生がそう言っただろう」

伝兵衛は、白い粒を見ていたが、おすぎが水を持ってきたので、思い切って飲んでみた。

しかし、一刻が過ぎても、何も変化は起こらなかった。

幸村は飽きたのか、背を向けて眠っている。

夕闇が山に迫り、囲炉裏に火を入れても、伝兵衛は何も思い出せない。

「どうやら、効かんようじゃな」

伝兵衛が言うと、おようが、夕餉の仕度をしているおすぎに目を向け、背を向けて眠る幸村の様子を窺うと、声を潜めて訊いた。

「手に入れられなかったのか、龍眼を」

「龍眼……」

伝兵衛は、首を傾げる。

「徳川の宝だ」

「ああ、あれか」

「思い出したか」

おようが大きな目をして身を乗り出す。

「いや、お前さんに言われて、赤い玉を握った景色が頭に浮かんだのじゃが、思い出せぬ。荷物の中になければ、持っておらぬのじゃろう」

おようは、ため息を吐いた。

二人が沈黙する中、驚きに目を見張る者がいた。背を向けて眠っていたはずの、幸村だ。

むくりと起き上がるのでおようが驚いていると、幸村はあくびをして、くるりと膝を転じた。

「龍眼とやらというお宝を盗んだから、命を狙われたんじゃないのか」

「盗み聞きしていたのか」おようが言う。

「人聞きの悪いことというな。一つ部屋にいるのだ。耳を塞いでおっても聞こえる」

「寝たふりをしていたではないか」

「目が覚めたのだ」

幸村が悪者扱いするなと言い、伝兵衛に訊く。

「伝兵衛殿、お宝を持っているなら、何処までも追われるぞ」

「ううむ。しかし、持っておらんぞ」

「何処かに隠したまま記憶を失ったのか」

幸村の推測に、おようが賛同した。

「きっとそうだ。そうに違いない。さっき薬を飲んでも痺《しび》れなかったのは、龍眼を混ぜて秘薬は完成していたからだ」

「しかし、何も思い出せぬぞ」

「記憶をなくしたのは、病じゃないということだ」

およように言われて、伝兵衛はまた首を傾げる。

「憶えておらんのに命を狙われるのは、何とも面倒なことじゃな。そのようなことでは、皆に迷惑がかかる。わしはやはり、品川へは帰らん方がよかろう。ここなら、人も来ぬし」

「そうも言っておれんぞ、伝兵衛殿」

幸村が、鋭い目を外に向けて太刀を取った。

この時にはもう、伝兵衛は、おすぎの元へ駆け下りている。それほどに凄まじい気が、表にあるのだ。

五

「刀を納められよ」

表からの声に、伝兵衛と幸村は顔を見合わせる。

「このような山奥の家に、なんのようか」

幸村が訊くと、しばしの沈黙の後に声がした。

「拙僧は、宝山と申す。里見影周殿に用がござる」

「そのような者はおらぬ」

「別の名を、伝兵衛といわれるはず。ここを開けていただけぬか」

「騙されるな、伝兵衛」

おようが小太刀を構えて言う。

伝兵衛は、おすぎを背にして守ると、外にいる宝山に声をかけた。

「わしの命を取りにきたのなら、他の者に危害を加えぬと約束せい」

「影周殿か」

「わしは伝兵衛じゃ」

「拙僧は、命を取りに来たのではない。大御所様からの御命令を伝えに来た」

「大御所とは誰じゃ」

伝兵衛が訊くと、窺う様子がある。

「おぬし、まことに影周殿か」

伝兵衛は、おすぎを幸村に託し、戸を開けた。

饅頭笠《まんじゆうがさ》を被る旅の僧が立っているが、その背後の闇の中には、無数の気配が潜んでいる。そのどれもが、ただならぬものばかりだ。

「ご案じめさるな。あの者たちは、拙僧の手の者」

「昨日から、この家を見張っておったな」

「さすがは影周殿、気付いておられたか。手の者には、拙僧が来るまでここを守るよう命じておりました」

「どうやらまことに、命を取りに来たのではなさそうじゃな」

「いかにも」

「ならば、入りなさい」

伝兵衛が招き入れると、宝山は笠を取り、中に入った。

きりりとした良い顔つきをしている宝山は、幸村とおすぎに頭を下げ、おようには、含み笑いを向ける。

おようが敵愾心《てきがいしん》を向けたが、宝山は軽く頭を下げて背を向けると、板の間に腰を下ろした。

「影周、いや、伝兵衛殿とお呼びしたほうがよろしいか」

「宝山和尚《おしょう》、先に言うておくが、わしは記憶をなくしておる。龍眼という宝を取り戻しに来たのなら、今は返せぬぞ。何処にあるか思い出せんからな」

「ほう」宝山が目を細めた。「記憶がないと言いながら、何ゆえ、龍眼のことを言われる」

「あたしが言ったんだ」

おようが言うと、宝山が目を向ける。

「そなたは、何者か」

「敵か味方か分からない者には言えない」

「なるほど、もっともなことじゃ。安心されるがよい。拙僧は、龍眼を取り戻しに参ったのではない。大御所様の命で、伝兵衛殿を迎えに参ったのだ」

「あたしは、かつて将軍家御典医をされていたお方の弟子、と言っておこう」

「なるほど、甲斐天雲様じゃな」

「知っているのか、先生を」

「まことに、惜しい人を亡くした」

おようが小太刀を抜き、宝山に向けた。

「ぬけぬけと、大御所が殺させたくせに」

「今は後悔されておる」

「嘘だ」

「嘘ではない。拙僧がこうして伝兵衛殿を迎えに参ったのが、何よりの証《あかし》」

「おようさん、刀を納めてくれ」

「伝兵衛」

「まあまあ、ここは、話を聞こうではないか」

伝兵衛に言われて、おようは悔しそうに宝山を睨んだが、刀を納めた。

宝山が頭を下げるので、おようは目をおよがせ、後ろに下がった。

「伝兵衛殿、記憶を失ったというのは、まことでござるか」

「嘘ではない。本当に、何も思い出せんのじゃ」

伝兵衛が言うと、彼は頷いた。

「大御所様とのことも、お忘れか」

「じゃから、大御所とは誰じゃ」

「前《さき》の将軍、徳川吉宗様だ」

「ほほお、そりゃまた、凄いお人じゃ。そのようなお方がわしに命じられることなどあるのか」

伝兵衛の飄々《ひょうひょう》とした姿に、宝山は肩を落とし、ため息を吐く。

「己が何者であるかも、憶えておられぬか」

「教えてくれ、わしは何者じゃ」

宝山は思案していたが、伝兵衛を見据えた。

「それは、江戸城にてお話しいたしましょう」

「騙されるな伝兵衛、行けば大御所に殺されるぞ」

おようが言うと、宝山が微笑みを向ける。

「大御所様は、伝兵衛殿を必要としておられる。決して命は取らぬ」

「嘘だ。前に命を狙われたと言っていたぞ」

「それは、大御所様の手の者ではない。伝兵衛殿が江戸城に入り、上様の御側にお仕《つか》えすることを良しとせぬ者の仕業」

「伝兵衛が上様の御側に仕えるだと？」

「さよう」

「城に行けば、増々命を狙われる。伝兵衛は記憶をなくして、身を守ることもできないのだぞ」

「それはどうかな。石切り場の宿では、刺客を倒されたではないか」

おようが驚いて伝兵衛に顔を向ける。

「伝兵衛、技を覚えているのか」

「剣術のことなら、身体が勝手に動く。しかし、わしは刺客を殺してはおらぬぞ。あれは、相手が胸に突き入れて自害したんじゃ」

「誰の差金《さしがね》か、伝兵衛殿に知られるのを恐れてのことでしょう」

言った宝山が、おおよその見当はついていると、目を細める。

「誰じゃ。誰がわしを狙う」

「大御所様が伝兵衛殿を城に呼び戻されたいのは、貴殿が上様の言葉を理解できるからにござる。貴殿の他に、上様の言葉を理解できるのはただ一人」

「誰じゃ」

「貴殿もよう知っておられるお方にござる」

「だから、誰じゃ」

宝山は、幸村とおすぎを気にした。

「お人払いを」

伝兵衛が皆を見ると、幸村とおすぎ、そしておようも、隣の部屋に入った。

幸村は、襖の側に座り、聞き耳を立てる。

気付いている宝山は、声を潜めた。

「もう一人のお方は、御側御用取次役、大岡出雲守殿」

伝兵衛は頭を拳骨《げんこつ》で叩いた。

「思い出せん。何も思い出せんのじゃ」

宝山が言う。

「大岡殿は、難解な上様のお言葉を理解できることを利用し、政《まつりごと》を裏で操ろうとされておられる。病に臥《ふ》せられた大御所様は、この国の行く末をご案じめされ、上様のお言葉を理解できる貴殿を死なせたことを後悔されておられた。生きているとお知りになられた時のお喜びようは、顔には出されぬが、尋常《じんじょう》ではなかったはず。それゆえ、すぐに連れ戻すよう、拙僧に命じられたのです」

「それは喜ぶべきことなのじゃろうが、今のわしは、上様の御顔も思い出せんのじゃ。城に戻ったとて、役に立たぬ」

宝山は、問題はそのことだ、と言って、思案した。そして、顔を上げる。

「盗み出した龍眼で、例の秘薬は完成したのですか。貴殿は上様の病を治すために龍眼を盗まれたはず」

問われて、伝兵衛が困った顔をするので、宝山はがっかりした。

「それも、憶えていませんか」

「それが、完成したようなのじゃが……」

宝山が、身を乗り出す。

「それは、わしが飲んでしもうた。記憶が戻るかと思うてな」

「なんと」

宝山が目を見張る。

伝兵衛は、恐縮して首をなでた。

「しかし、何も思い出せぬのじゃ。効かぬとなると、持っていたのは失敗作かもしれん」

「もう一度作ることはできませぬか」

「先ほども申したではないか。龍眼を何処に置いて来たのか憶えておらんのじゃ」

「そうでござった」

宝山が、しまった、と顔をしかめる。そして、頭を下げた。

「伝兵衛殿、大御所様には拙僧がご報告します。記憶が戻るまで我らがお守りいたしますゆえ、江戸へお戻りください」

「ううむ、そうしてもよいが――」

「なりませんぞ、伝兵衛殿」

幸村が襖を開けたので、宝山が憮然《ぶぜん》とした。

「口出し無用」

「そうはいかん。今の伝兵衛殿は、おれの身内も同然だ」

ええい、という顔をした宝山が訊く。

「何ゆえ止める」

「伝兵衛殿の命を狙う者が千代田《ちよだ》の城内にいるのなら、およう殿が言った通り、危《あぶ》のうはないか」

「我らが守ると、約束する」

「その言葉、伝兵衛殿とて、にわかには信じられまい」

「何ゆえか」

「一度襲われたのだ。貴公らは、先を越されたであろう」

ずばりと言われて、宝山は目をそらした。

「たまたま、先を越されただけのことじゃ」

「そうだとしても、襲われたのは事実。江戸にいては、すぐに見つかるのではござらぬか」

「浪人者には、関わりのないこと」

「そう突き離すな。こうして一つ屋根の下にいるのも縁だ。伝兵衛殿さえよければ、記憶が戻るまでおれが匿《かくま》ってやる。叔母上と共に、参らぬか」

「それもええの」

呑気に答える伝兵衛を、宝山が慌てて止めた。

「伝兵衛殿、大御所様の御命令ですぞ」

「そう言われてもな。わしは何も憶えておらんのじゃ。江戸に戻っても、役に立たぬ」

「………」

宝山が鋭い目つきとなり、錫杖《しやくじよう》を握った。

「何をする！」

おようが言った、その刹那、戸を蹴破って入った曲者《くせもの》が、伝兵衛に斬りかかった。

伝兵衛は咄嗟に小太刀を抜き、刃を受け止める。

錫杖の隠し刀を抜いた宝山が曲者の背後に回り、背中を斬った。

呻き声もあげずに倒れた曲者を、伝兵衛が見下ろす。その胸を狙い、矢が放たれた。

「危ない！」

叫んだ宝山が、錫杖の隠し刀で矢を弾き飛ばしたが、続けて射られた矢が肩に突き刺さった。

「ぐう」

顔をしかめる宝山。

「和尚！」

伝兵衛が背中を摑んで引き寄せたところに再び矢が飛び込み、二人をかすめて土壁を貫いた。

幸村が灯りを吹き消し、湯が沸いていた鍋を蹴って囲炉裏の火を消した。太刀を握って障子を突き破り、外に転げ出るや、飛んできた矢を太刀の鞘で払い、月明かりの下に動く黒い影に迫る。

弓に矢を番《つが》えようとしていた二人の曲者どもを斬り捨てた幸村が、ぬかりなく周囲を探る。

背後から襲ってきた敵を振り向きざまに斬り、横から襲いかかった敵の刃をかわして斬る。

その太刀さばきたるや凄まじく、まさに剛剣。

幸村の背後にいた敵が、背を返して家の中に跳び込む。くるりと土間を転げ、立ち上がると同時に伝兵衛を襲った。

黒く塗られた忍び刀が横一文字に払われる。

伝兵衛がその切っ先をかわし、返す刀で斬りかかる敵の腕を、小太刀で切断した。

「ぐう」

覆面の下から籠った呻き声をあげ、表に出る敵。伝兵衛がそやつを追って出ると、壁際に潜んでいた敵が斬りかかった。しかし、伝兵衛は、相手を見もせずに身を転じてかわし、足を斬った。膝の筋を切られた敵が倒れ、呻き声をあげる。

伝兵衛はその敵を一瞥すると、幸村の加勢に走り、背後を狙う敵を斬り抜けた。

「きりがない。湧いて出るようじゃ」

そう言う幸村と背中合わせになり、伝兵衛は小太刀を構えた。右足を前に出し、右手は中段に、左手は下段に構え、腰を低くする。

小柄だが、内から出る剣気は凄まじく、目の前にいる敵は、一歩も動けなくなった。

その敵の背後から、別の者が地を蹴って跳んできた。宙返りして目の前に下り立ち、刃を振るってきたが、伝兵衛はそれより先に懐に飛び込んで腹を斬り抜けると、後ろにいた敵の手首を切断した。

闇の空に口笛が響いたのは、その直後だ。

刀を構えていた敵が下がりはじめたと思うや、背を返して駆け去り、傷ついた者も逃げて行く。

伝兵衛たちが追わずにいると、周囲の闇に潜んでいた気配も消えた。

伝兵衛は、すぐさま家に戻った。

幸村はしばらく気配を探り、太刀の血振りをして納刀すると、家に戻った。

宝山はおようの介抱を受けているが、肩を射貫《いぬ》かれたにしては様子がおかしい。

「これは、毒だ」

宝山を診て、おようが言う。

土間に座る伝兵衛に支えられた宝山は、息を荒くしている。

おようが両手で矢を摑み、宝山の肩から抜いた。おすぎが蠟燭《ろうそく》に火を灯して持って来ると、おようが布を傷口に当てて押さえる。

宝山が呻き声をあげ、震える手で懐を示した。

「い、印籠に、毒消しが」

おようが宝山の懐を探って印籠を出し、中に入れてある毒消しを取り、含ませる。

灯りを持って外に出た幸村が、一回りして戻ると、宝山に言う。

「和尚の手下が殺されている。気付かぬうちに五人も倒すとは、怖ろしい奴らだ」

「そ、その者たちを蹴散らした貴殿も、ただの、浪人ではあるまい。何者なのだ」

宝山が、汗を浮かせた顔を苦痛にゆがめながら、幸村に問う。

すると、幸村はこう言った。

「わしは、真田《さなだ》幸村じゃ」

家康が恐れた戦国武将の名を騙《かた》って不敵な笑みを浮かべる若者に、宝山は笑った。

咳込《せきこ》み、息を整えると、真顔を向ける。

「貴殿に、頼みがある。しばらくの間、伝兵衛殿を匿ってくれ。拙僧は急ぎ江戸に戻り、大御所様に御報告申し上げる」

「初めからそうしろと申しておろう。任せておけ」

「伝兵衛殿、記憶が戻り次第、江戸に戻っていただきたい。天下万民のため、お頼み申す」

「何を思い出すのか恐ろしい気もするが、わしの命を救うてくれた宝山和尚の頼みじゃ。約束いたそう」

それを聞いた宝山は、一瞬安堵の表情を浮かべたが、すぐに厳しく言った。

「ここは危のうござる。すぐに発《た》たれよ」

「和尚をおいては行けん。奴らも、幸村殿を恐れて戻っては来まい」

「甘く見てはいけません。さ、行かれよ」

「和尚を死なせるわけにはいかん。大御所様に、わしが役に立たぬことを報せてもらわねばならんからのう」

「何を言われる」

「さ、安心して休まれよ。奴らが来ても、わしと幸村殿が追い返す」

伝兵衛が板の間に上げてやると、おすぎが床の仕度をした。

宝山は、毒消しが効いてきたらしく、横になると目を瞑り、半ば意識を失うように、寝息を立てはじめた。

「この坊主、ただの遣いの坊主ではないな」幸村が伝兵衛に言う。「外を守っていた者は、忍びの形《なり》をしている」

伝兵衛が、土間に横たわる襲撃者を仰向けにして、覆面を取った。

「女の忍びか」

「おれたちが倒した外の者も、全員女だった。不覚にも、女を斬ってしまうとは」

「恐ろしい相手じゃ。斬らねば、わしらがやられておった」

「女を斬ったのは、初めてだ」

伝兵衛が幸村の肩を摑み、

「わしのせいじゃ。皆の命を救うてくれて、このとおり、礼を言わせてもらう」

頭を下げた。

「よせ、わしは、叔母上のためにしたまでじゃ」

「そう照れるな。昼間は、おようさんを助けたではないか」

幸村が、おようをちらりと見たのを、伝兵衛は見逃さぬ。

「おぬしは、良い男じゃ。わしは気に入ったぞ」

「ふん、偉そうに。明日から長旅になる。年寄りは休んでおれ」

幸村はそう言うと背を向け、女忍びを担いで外に出た。

翌日――

共に来るというおように、伝兵衛は、江戸に帰る宝山の世話を頼んだ。

「お前さんを危ない目に遭わせとうない。壽屋に帰れ」

「戻って来ないつもりだな、伝兵衛」

「約束する。記憶が戻ったら、必ず帰る」

「信じられるものか、どうせ、おすぎさんと一緒にいたいんだろう」

「おようさん、わしを信じてくれ。宝山和尚との約束を違《たが》えることはせぬ。このとおりじゃ」

訝《いぶか》しむおようであったが、

「案じられるな、およう殿。戻らぬその時は、拙僧が何処までも追い、首に縄を付けて連れ戻してしんぜよう」

宝山がそう言うので、おようは鼻息を荒くして腕組みをする。配下を失い、怪我を負った宝山のことも放ってはおけないのだろう。

「約束だぞ、伝兵衛。必ず帰ってこいよ」

最後は、渋々承諾した。

高山でおようと別れた伝兵衛は、姿が見えなくなるまで見送った。その横顔を窺うおすぎが、そっと近づき、袖を摑む。

「お前さま、本当は、あの子のことを、思い出しているのではないですか」

「やはり、孫なのか」

幸村に訊かれて、伝兵衛は二人に微笑む。

「さっぱり分からん」

「まあっ、お前さまったらお惚けになって。随分寂しそうな顔をしていたくせに」

「本当じゃ。おようさんが寂しそうにするので、なんとのう寂しゅうなっただけじゃ。さ、幸村殿、隠れ家に案内しておくれ。そこには、畑はあるのかの」

などという伝兵衛に、幸村は顔をしかめて笑う。

「あるとも、叔母上のために、しっかり働いてくれよ」

「これ、なんですか、お年寄りに向かって」

年寄りと言われて、伝兵衛はおすぎを二度見した。

「御無礼した。なんなら背負いましょうか、お爺殿」

幸村が背を向けてしゃがむので、伝兵衛は頭を叩く。

「そこまで老いてはおらぬわい」

ちりん、と鈴を鳴らして岩に杖をつくのは、市女笠《いちめがさ》をつけた蓮である。

楽しげに街道を歩む三人を岩の上から見下ろす目は冷徹なのだが、そこがまた、美しい。

「彦一《ひこいち》、何を見ているんだい」

言われて、横に並んでいるぼろをまとった男が、

「お頭が、あまりにお美しいもので」

煤に汚れた顔をにやけさせて言った刹那、蓮が杖を振るう。

頰から血が流れたが、男は拭いもせずに、嬉々とした目を向けている。

「また随分と、ご機嫌が悪い」

「あたりまえだよ。妙な男が出てきて邪魔をされたんだ」

「何者でしょうか」

「さあ、大御所の手の者じゃないことは確かだよ」

「わしが、今から仕留めてやりましょう」

鋭い鉄の鉤爪《かぎづめ》を袖から覗かせて言ったが、蓮が止めた。

「簡単な相手じゃないよ。幸い西に向かっているようだから、焦ることはない。まずは影周の行先を突き止めて、男の正体を暴くんだ」

「おおせのままに」

彦一が応じるや、蓮の前から去った。

それに合わせるように、背後の林に潜んでいたいくつかの気配が動き、伝兵衛たちを追ってゆく。

一人残った蓮が、伝兵衛の後ろ姿を見おろし、ほくそ笑む。

「逃がしゃしないよ」

一〇〇字書評

切り取り線

龍眼 流浪

購買動機（新聞、雑誌名を記入するか、あるいは○をつけてください）

□（　　　　　　　　）の広告を見て	
□（　　　　　　　　）の書評を見て	
□ 知人のすすめで	□ タイトルに惹かれて
□ カバーが良かったから	□ 内容が面白そうだから
□ 好きな作家だから	□ 好きな分野の本だから

・最近、最も感銘を受けた作品名をお書き下さい

・あなたのお好きな作家名をお書き下さい

・その他、ご要望がありましたらお書き下さい

住所	〒				
氏名		職業		年齢	
Eメール	※携帯には配信できません	新刊情報等のメール配信を 希望する・しない			

この本の感想を、編集部までお寄せいただけたらありがたく存じます。今後の企画の参考にさせていただきます。Eメールでも結構です。

いただいた「一〇〇字書評」は、新聞・雑誌等に紹介させていただくことがあります。その場合はお礼として特製図書カードを差し上げます。

前ページの原稿用紙に書評をお書きの上、切り取り、左記までお送り下さい。宛先の住所は不要です。

なお、ご記入いただいたお名前、ご住所等は、書評紹介の事前了解、謝礼のお届けのためだけに利用し、そのほかの目的のために利用することはありません。

〒一〇一－八七〇一
祥伝社文庫編集長　坂口芳和
電話　〇三（三二六五）二〇八〇

祥伝社ホームページの「ブックレビュー」からも、書き込めます。

http://www.shodensha.co.jp/bookreview/

祥伝社文庫

龍眼《りゅうがん》 流浪《るろう》 隠《かく》れ御庭番《おにわばん》

平成26年 6月20日 初版第1刷発行

著　者　佐々木裕一《ささきゆういち》
発行者　竹内和芳
発行所　祥伝社《しょうでんしゃ》
東京都千代田区神田神保町 3-3
〒101-8701
電話 03（3265）2081（販売部）
電話 03（3265）2080（編集部）
電話 03（3265）3622（業務部）
http://www.shodensha.co.jp/

印刷所　堀内印刷
製本所　ナショナル製本
カバーフォーマットデザイン　中原達治

 ISBN978-4-396-34046-9 C0193

祥伝社文庫　今月の新刊

石持浅海　**彼女が追ってくる**
名探偵・碓氷優佳の進化は止まらない……傑作ミステリー。

桂　望実　**恋愛検定**
男女七人の恋愛を神様が判定する!?　本当の恋愛力とは？

南　英男　**内偵**　警視庁迷宮捜査班
美人検事殺し捜査に不穏な影。はぐれ刑事コンビ、絶体絶命。

梓林太郎　**京都 保津川《ほづがわ》殺人事件**
茶屋次郎に、放火の疑い!?　嵐山へ、謎の女の影を追う。

木谷恭介　**京都鞍馬《くらま》街道殺人事件**
地質学者はなぜ失踪したのか。宮乃原警部、最後の事件簿！

早見　俊　**一本鑓《やり》悪人狩り**
千鳥十文字の鑓で華麗に舞う新たなヒーロー、誕生！

長谷川卓　**目目連《もくもくれん》**　高積見廻り同心御用控
奉行所も慄く残忍冷酷な悪党とは!?　与兵衛が闇を暴く。

喜安幸夫　**隠密家族　くノ一初陣**
驚愕の赤穂浪士事件の陰で、くノ一・佳奈の初任務とは？

佐々木裕一　**龍眼　流浪《るろう》**　隠れ御庭番
吉宗、家重に欲される老忍者。記憶を失い、各地を流れ…。